KB061324

입쑤 지느컹끠

입속 지느러미

ⓒ 조예은 2024

초판 1쇄 발행 2024년 5월 30일
초판 3쇄 발행 2024년 7월 25일

지은이 조예은
펴낸이 이상훈
문학팀 최해경 박선우 김다인
마케팅 김한성 조재성 박신영 김효진 김애린 오민정

펴낸곳 (주)한겨레엔 www.hanibook.co.kr
등록 2006년 1월 4일 제313-2006-00003호
주소 서울시 마포구 창전로 70 (신수동) 화수목빌딩 5층
전화 02-6383-1602~3 **팩스** 02-6383-1610
대표메일 munhak@hanien.co.kr

ISBN 979-11-7213-063-3 (04810)
ISBN 979-11-7213-062-6 (세트)

입속 지느러미

TURN 01 ▶

조예은

장편소설

입속 지느러미

1

선형은 땡볕 아래서 머리를 바라보았다. 머리는 천연
덕스럽게 그곳에 담겨 있었다. 그러니까 흔들리는 낚
싯배에. 배 앞머리에 덩그러니 놓인 넓은 냄비 안에.
조리를 기다리는 생선 머리처럼 얌전히.

배가 흔들릴 때마다 핏물이 넘실대 비린 악취를
풍겼다. 냄비에서 멀지 않은 곳에는 한때 40대 남성의
몸을 지탱했을 정강이뼈와 허벅지뼈, 종아리뼈, 그보
다 얇은 어깨뼈 등이 젠가처럼 차곡차곡 쌓여 있었다.
사람이 살아 있는 한 볼 일 없는 뼈가 너무 뻔뻔하게
드러나 있어 두려움을 넘어 불경함을 느꼈다.

발밑에 서해의 검은 물이 찰랑였다. 무릎을 굽혀
머리에 좀 더 가까이 다가갔다. 심장은 요동치고 눈
밑은 타는 듯 뜨거웠다. 그 순간, 잘린 머리의 왼쪽 뺨
에서 무엇인가 반짝였다. 오색 빛깔을 뿜내는 아름다
운 비늘이었다. 자기도 모르게 손을 뻗었지만 비늘에

닿지는 못했다. 먼 곳에서 불어온 바람에 배가 흔들리자 뺨에 붙은 비늘이 허공으로 사라졌다. 찰나의 빛만 남기고 순식간에 멀어졌다. 장마에 들어선다는 주말이었다. 물기를 잔뜩 머금은 하늘이 빗방울을 흩뿌렸다. 선형은 전에도 비슷한 풍경을 본 적이 있다고 생각했다.

하얗게 빛나는 타인의 갈비뼈, 붉은 웅덩이, 다소곳한 머리 그리고…… 비늘. 아름답게 반짝이는 비늘을 떠올렸다. 오래전의 일이다. 하지만 아주 오래되지만은 않았다.

찰박찰박. 얇고 축축한 지느러미가 바닥을 치는 소리가 고막을 간질였다. 선형이 꽁꽁 잠가둔 기억의 문은 서울시 동대문구의 수족관 골목 깊숙이 위치한 낡은 2층짜리 건물과 이어져 있다. 그곳의 이름은 민영 수족관. 그해 여름에는 폭우가 쏟아졌고 선형은 세 이름을 떠나보냈다.

강민영, 이경주 그리고 피니.

○

　민영 삼촌의 사망 소식을 들은 건 9급 교육행정 국가직 최종 면접을 마친 저녁이었다. 다짜고짜 본가로 내려오라는 엄마의 말에 선형은 알겠다 답하고 기차표를 끊었다. 면접장은 일산, 본가 근처 장례식장은 부안에 있었다. 일산에서 부안까지 가는 가장 빠른 방법은 지하철을 타고 서울역으로 간 다음, KTX를 타고 익산에서 내려 택시를 타는 것이다. 네 시간이 넘게 걸리는 지난한 여정이었다.

　"진작 중고차라도 한 대 사둘걸."

　몇 달 전 경주가 쓰던 차를 헐값에 넘겨준다고 한 걸 거절한 게 새삼스레 후회되었다. 하나 곧 부질없다는 데에 생각이 닿았다. 아무리 헐값이어도 여윳돈이 있어야 살 수 있다. 구질구질한 이유 하나 더. 당시 선형은 경주를 배신자로 여겼다. 배신자가 베푸는 걸 받으면 같은 배신자가 되어버린다. 한마디로 자존심 부렸다는 말이다. 다르게 표현하자면, 말도 안 되는 자존심을 부릴 만큼 아직 그에게 감정의 잔여물이 남아 있었다.

친구, 동업자, 연인.

꿈, 희망, 청춘, 가능성.

한때, 선형에게 경주는 그 모두였다. 대학교 2학년, 멋모르고 가입한 작곡 동아리에서 그를 처음 만났다. "안녕하세요. 저는 이경주입니다……." 그 어색하고 재미없는 자기소개를 들은 순간부터 선형의 머릿속에 경주의 목소리가 박혔다. 머리뿐만 아니라 펄떡이는 심장에, 만사를 지루해하던 고막에 정확히 명중했다. 선형은 고개를 들어 칙칙한 주광등 아래 매끄러운 경주의 얼굴을 응시했다. 부드러워 보이는 입술과 드문드문 드러나는 하얀 앞니 안쪽에는 미끄러운 해양 생물을 닮은 축축한 살덩어리가 꿈틀대고 있을 것이다. 그것들이 정교하게 만들어내는 소리. 선형이 매혹된 건 바로 소리였다. 음침한 싸구려 술집의 유행가를 뚫고서 그의 목소리가 귀에 닿았을 때, 선형은 사람이 소리만으로 사랑에 빠질 수 있음을 깨달았다.

당시에는 과연 사랑이 맞을까 의심하기도 했다. 맹목적인 감정의 파도가 모든 감각을 새롭게 재구성

했다. 이전까지 경험한 세상이 얼마나 모호하고 얄팍했는지 실감하자 즐겁기보다는 두려움이 앞섰다. 고작 대화 한 번 해보지 않은 타인의 목소리가 사랑을 가능하게 한다고? 하지만 세상의 모든 노래를 단 한 사람의 목소리로만 듣길 바라는 마음이 사랑이 아니면 무엇이지?

사람이라면 한 번쯤은 이성을 잃어버리는 시기가 있기 마련이다. 20대 초반의 패기와 절제 불가한 감정으로 무장한 선형은 단단한 신념과 꿈에 사로잡혔다. 경주의 목소리로 내가 만든 노래를 모두에게 들려주고 싶다. 이토록 아름다운 목소리는 노래를 불러야만 해. 그가 죽기 전 노래를 단 한 곡 부른다면, 그건 바로 자신이 만든 노래여야 했다. 하지만 어째서인지 다른 회원들은 그의 특별함을 전혀 알아보지 못하는 듯했다. 매끈한 콧날과 3차를 가자며 가뿐히 꺼내 드는 부모님 명의의 신용카드에만 열광했다. 심지어는 작곡 동아리에 들어왔으면서 작곡에도 관심이 없어 보였다. 좁은 지하 룸술집에서 소주병을 비우며 유별나 보이려고 번지르르한 음악 취향을 주절거리는 게 전부였다.

그날, 어쩌다 보니 두 사람은 호프집과 서비스가 좋지 않은 노래방을 거쳐 함께 2호선 첫차에 올랐다. 선형이 자취하는 여성 전용 고시원은 신촌역과 대흥역 사이에, 경주의 오피스텔은 합정역에 있었다. 그는 술에 취해 무려 네 번이나 이름이 뭐냐고 물었다. 선형은 매번 "유선형"이라 답했고 경주는 "유선형이구나"라며 되뇌었다. 목소리가 듣기 좋아 내려야 할 곳에서 내리지 않고 서울을 한 바퀴 돌았다.

다음에 만났을 때, 그는 선형의 이름을 기억했다. 네 번이나 물어봤으니 당연했다.

○

그리 생산적인 동아리가 아니었는데도 선형은 누구보다 성실히 동아리 활동에 참여했다. 순전히 경주 때문이었다. 10대를 미국에서 보낸 그는 따분하다는 말을 입에 달고 살았다. 따분한 서울, 따분한 술자리, 따분한 인간들. 틈만 나면 '뉴욕에서는'이라며 한국 생활을 바다 건너와 비교하곤 했다. 한 문장에 영어 형용사와 명사가 빠지는 법이 없었다. 영어로만 말하거나 한국말만 하는 게 아니라 둘을 섞어 썼다. 지금 생각해보면 별것도 아닌 게 허세 부렸지 싶지만 당시 선형의 눈에는 뉴욕 출신 힙스터의 권태, 범접 불가한 스타일로 보였다. 사랑에 빠진 사람이 어리석어지는 건 어쩔 수 없었다.

그즈음 선형은 작곡에 관심 없는 작곡 동아리의 진짜 목적을 뒤늦게 알아챘다. 그들은 노래가 아니라 같은 관심사를 공유하는 애인을 만들기 위해 모였다. 회원 대부분이 그랬다. 경주도 크게 다르지 않았을 것이다. 그는 자신이 특별하다고 믿는 20대 예술 애호가였으며 믿음을 뒷받침해줄 숭배자가 필요했다. 나중에 곱씹어봤을 때 그랬다는 말이다. 당시의 선형에게 경주는 믿음의 근원이 무엇이든 숭배할 가치가 있는 사람이어서 기꺼이 추종자가 되어주었다.

대화로 알게 된 몇 가지 사실이 선형의 신앙심을 부추겼다. 두 사람은 음악 취향이 완전히 일치했다. 경주는 미국에서 자란 주제에 음반사를 운영했다는 아버지의 영향을 받아 80, 90년대 한국 포크송에 빠삭했다. 통기타 소리를 좋아해 가끔 직접 연주하기도 했다. 그의 플레이리스트에는 클라이맥스가 있는 듯 없는 듯 잔잔하고 우울한 단조 베이스의 뉴에이지, 묘한 타격음의 반복으로 신경을 긁어대는 전자음악, 심해처럼 우울하고 비장하게 구슬픈, 누군가는 청승맞고 구질구질하다고 싫어할 노래뿐이었으며 노래방에서는 심수봉의 〈백만 송이 장미〉와 정훈희의 〈안개〉, 4월과 5월의 〈바다의 여인〉 같은 노래를 불렀다. 사람들은 선곡이 그게 뭐냐며 야유했지만 선형은 매번 운명의 신이 어깨를 툭툭 두드리다 못해 엉덩이를 걷어차는 기분이었다. 경주의 취향 앞에 붙는 온갖 수식어들은 그가 사랑해 마지않는 표현이었다. 이런 우연이 가능할까? 절묘한 우연이 반복되면 운명이라는 뜻이었다.

선형은 늘 휴대폰 충전기를 챙겨 노래방에 갔다. 구석의 콘센트에 꽂아놓고서 몰래 그의 노래를 녹음했다. 그러면 자기 거라고 착각해 마음대로 휴대폰을 뒤집는 사람들의 시야에서 벗어날 수 있었다. 그의 목소리와 조용한 귀갓길을 함께하다 보면 충만함을 넘어선 사명감이 차올랐다. 다른 누구도 아닌 바로 자신이 경주의 목소리를 널리 알려야 했다. 어쩌면 그래서 초월적인 존재가 자신과 경주를 만나게 한 건 아닐까 싶기까지 했다. 결국 열렬한 짝사랑에 빠진 이의 극단적인 사고방식을 착실히 따랐다는 말이다.

"넌 노래를 불러야 해."

선형은 술에 취하면 다짜고짜 이렇게 말했다. 그럼 경주가 물었다.

"무슨 노래를 부를까?"

"내가 만든 노래."

하루는 그가 다른 얘길 꺼냈다.

"좋아. 그럼 우리 밴드 해볼래?"

선형은 하늘에서 반짝이는 별이 손바닥에 떨어진다면 이런 기분일까 생각했다. 행복이라는 거대한 운석에 깔려 죽어가는…… 끔찍한 황홀함. 경주는 선형에게 작곡가 겸 매니저를 해주지 않겠냐고 제안했다. 그는 경주의 목소리를 거절할 힘이 없었다. 아마 그가 "네 귀와 심장을 요리해서 내 입에 쑤셔 넣어줄래?"라고 물어도 고개를 끄덕였을 것이다.

○

그들은 처음부터 모든 걸 함께했다. 장난처럼 시

작한 일은 의외로 빠르게 형체를 찾아갔다. 경주의 목
소리는 호불호 없이 매력적이었으며 그는 이미 고등
학생 때 아마추어 스쿨 밴드를 해본 경험이 있었다.
밴드의 일원으로 케이블 오디션 프로그램에 참가하
기도 했다. 혹평을 받아 예선에서 탈락했지만 호감 가
는 미소와 독특하면서도 아름다운 목소리 덕분에 꽤
화제가 되었다. 그의 비공개 SNS 계정 팔로워에 몇몇
인디밴드 보컬과 해외 에이전시 디렉터가 있는 이유
였다. 고등학교 선배들이라고 했다. 온갖 헛소리와 사
진이 난무하는 비공개 계정과 달리 공개 계정의 게시
물은 고작 다섯 개로, 잘 나온 셀카 세 장에 어두운 바
에서 찍은 위스키 잔 사진 한 장, 밤의 해변에서 찍은
흔들리는 뒷모습 사진 한 장이 전부였다. 그럼에도 팔
로워는 1만을 자랑했다. 해시태그와 피드 엮기를 반
복한 끝에 얻어낸 결과였다. 가끔 뒤늦게 예전 프로그
램을 정주행한 외국인들이 장문의 댓글을 남겼다.

　소위 말하는 '밴드'를 만들려면 보컬 외의 멤버가
더 필요했다. 경주와 절친한 유학생 두 명이 한국에
돌아와 합류했고, 선형이 학원을 다니며 한 명을 더
구했다. 기타, 베이스와 드럼을 구하고 작업실까지 빌

리자 제법 그럴듯한 구색이 마련되었다. 그때부터 선형은 경주와 손을 맞잡고 신나게 본격적으로 주류에서 엇나갔다. 원래 한번 꽂히면 끝을 보고야 마는 성격이었다. 동기들이 취업을 위해 자격증을 따고 학점을 관리하고 인턴 등의 사회 경험을 쌓는 동안 작곡 프로그램을 만지며 노래를 만드는 데 열을 올렸다. 중학생 때부터 취미로 작곡해왔지만 이렇게 몰입한 적은 없었다. 몰입은 해방과 닮았다. 당장은 멜로디 말고는 아무것도 중요하지 않게 느껴졌다. 솜사탕 위를 걷는 듯했다. 그가 부지런히 취업 준비를 하는 줄 아는 지방의 부모님과 통화할 때면 죄책감이 고개를 쳐들었으나 경주의 목소리를 떠올리면 쉽게 잊혔다.

선형이 그 시절에 간과한 사실이 하나 있다. 그들은 각각 다른 조건을 타고났다는 것.

경주는 풍성한 경험과 창작 능력은 정확히 비례한다고 자주 말했다. 그가 말하는 풍성한 경험이란 금전적인 투자와 비례했다. 선형은 그와 함께 또래가 가보기 어려운 많은 곳을 다녔다. 12인치 접시에 엄지손가락만 한 음식이 나오는 파인다이닝과 생선 해체 쇼를 보여주는 스시 오마카세, 당최 뭔 말을 하는지 알아들을 수 없는 신진 작가의 전시회 오프닝(그들은 경주처럼 영어를 섞어 말했다. 불어일 때도 있었다), 한남동 지하의 10평짜리 위스키 바(온더록 한 잔에 8만 원이었다), 다 무너져가는 을지로 건물 옥상에 자리한 클럽(스칸디나비아반도에서 온 대머리 디제이가 어쩌다 그곳에서 디제잉을 하고 직접 그린 그림을 코팅해서 만든 키링을 팔게 됐는지 알 수 없었다)……

물론 돈은 경주가 다 냈다. 그는 돈이 썩어나게 많았다. 그가 데려가는 곳들은 항상 조금 이상하지만 근사했고, 선형은 그 장소의 근사함이 곧 이경주의 근사함이라는 착각에 빠져들었다. 선형이 매번 감탄할 때마다 그는 어깨를 으쓱하며 별것 아니라는 듯이 대꾸했다.

"우리는 더 근사한 걸 할 거잖아. 네가 만든 노래들은 진짜 최고야."

선형은 꼭 주문 같은 말에 넘어가 20대를 모조리 베팅했다.

그리고 망했지.

뭐, 음악한다고 나댔다가 망하는 인간이 어디 한 둘인가. 이제 와서 먹고살 길 찾겠다고 떠난 경주를 원망할 생각은 없었다. 흔하디흔한 헛된 꿈의 말로였다. 공무원 시험을 준비하면서 인터넷 강의료를 벌려고 나간 공연장 주말 알바 스태프 중 무려 40퍼센트가 음악하는 인간이었다. 지금 생각하면 어째서 10대를 미국에서 보낸 경주와 10대를 익산에서 보낸 자신이 잘 맞았는지 의아할 뿐이었다.

그가 나를 가지고 논 건 아닐까? 피해의식에 사로잡히기도 했지만 함께 사람을 모아 밴드를 만들고, 노래를 부르고, 대기업 지원을 받아 작은 공연장에 오른 모든 순간이 거짓이라고는 생각하지 않았다. 그 시절엔 분명 자신도 경주도 다른 친구들도 모두 진심이었다. 하지만 진심은 영원하지 않으며 우리가 언제까지 20대일 수는 없다는 것. 그 사실을 너무 늦게 깨달았을 뿐이다.

경주는 아버지 뜻에 따라 뉴욕에서 학업을 마치는 대가로 아우디를 받았다. 국가직 면접을 보고 익산으로 가는 KTX에서 확인한 단체채팅방에는 그가 새로 뽑은 차 안에서 찍은 셀카가 버젓이 올라와 있었다. 선형은 자음으로 간략히 대꾸하고 단체채팅방을 나갔다. 경주는 석 달 뒤 미국으로 간다. 무슨 CIA 요리학교를 다닌다나? 뜬금없이 요리? 게다가 CIA는 정보기관 아니야? 어쨌든 그가 미국으로 돌아가면 자연스레 연락이 줄어들 테고 우리가 함께한 시간은 곧 추억의 저편에 묻힐 것이다. 나 역시 새로운 삶을 시작하겠지. 밴드 해체의 결정적인 계기는 보컬인 경주의 탈퇴였지만, 언제고 다가올 일이었다고 생각했다.

보통 신체 건장하며 큰 목소리로 대답한 지원자가 최종 면접에서 떨어지는 경우는 별로 없다고 들었다. 밴드 매니저를 그만둔 지 2년 반째, 선형은 총 네 번의 시험 끝에 9급 교육행정 국가직과 9급 일반행정 지방직 필기에 붙었다. 오늘 면접도 그리 나쁘게 본 것 같지는 않았다. 현장 분위기도 좋았고 필기 점수도 안정권에 들었으니 큰 이변이 없다면 최종 합격 할 것이다. 지방직 면접은 한 달 후였다. 기차에 앉아 오늘 본 면접을 복기하는데 새삼스레 삶의 변곡점에 섰다는 사실이 실감 났다. 인생의 그래프가 지금까지는 불규칙한 바이털사인을 닮았다면 앞으로는 굴곡이 어떻게 되든 곡선이 그려질 터였다. 광기에 가까운 순수한 열정과 청춘은 끝나버렸다. 성과 하나 없이.

감상에 빠져들 틈은 없었다. 고지식한 집안 어른들이 모인 장례식장에 가는 길이었다. 어디 내놓아도 부끄럽지 않은 직장 취업이 코앞이라 안도했다. 안도 다음에는 뒤늦은 의문이 찾아왔다. 막냇삼촌이 죽었다. 짧은 통화기는 했지만 엄마는 삼촌이 죽은 연유에 대해 일말의 단서도 흘리지 않고서 도망치듯이 전화를 끊었다. 마치 입에 담기조차 꺼린다는 듯이. 남은 건 외가와 멀지 않은 장례식장 주소뿐이었다. 수화기 너머의 한숨과 떨림으로 유추해보자면 슬픔보다는 당황이나 두려움이 더 컸다. 선형 역시 마찬가지였다.

추적추적 비가 내리는 창밖 풍경을 뒤로하고 눈을 감았다. 눈꺼풀 안에 공연장에서 마지막으로 본 민영 삼촌의 모습이 나타났다. 당시엔 마지막이 될지 몰랐지만, 이후 터진 팬데믹으로 얼결에 정말 마지막이 되어버린 공연이었다. 직전에 대기업 지원을 받아 진행한 공연에 50명 가까이 와서 욕심을 냈는데, 이번엔 평일 저녁 시간대라 그런지 지인을 총동원했는데도 막상 관객은 스물네 명이 전부였다. 삼촌은 그중 한 명이었다. 고등학생 때 이후로 교류가 없던 그를 알아보느라 시간이 한참 걸렸다.

"오랜만이다, 선형아."

SNS로 공연 소식을 알았다고 했다. 일 때문에 해외에 오래 나가 있어야 하는데, 그 전에 조카 공연을 보고 싶었다고. 삼촌은 어째서인지 한쪽 귀에 손바닥만 한 거즈를 붙였고 왼쪽 새끼손가락과 약지가 없었다. 그는 가지런한 이를 내보이며 활짝 웃더니 선형이 뭐라고 묻기도 전에 돌아섰다. 짧은 감상만을 남기고서.

"노래 잘 들었다. 네가 만든 노래는 뭐랄까…… 지느러미 같아. 고막을 간질이는 지느러미. 나는 그 감촉을 알거든."

그게 다였다. 메시지로 안부 인사라도 더 나눠야 하나 싶었지만 연락처가 없었다. SNS 피드를 봤으니 팔로워라는 말인데, 프로필 사진 하나 없는 유령 계정과 아무나 팔로우하는 외국인 계정들 사이에서 삼촌을 찾기는 힘들었다. 그는 갑작스레 나타났듯 홀연히 잊혔다. 우울한 뒤풀이를 끝내고 숙취를 느끼며 일어난 다음 날 엄마에게 말해야 하나 아주 잠깐 생각했지만 해장국을 먹으러 가자는 경주의 호출에 응답하느라 새까맣게 잊어버리고 말았다.

민영 삼촌. 선형은 그가 자신처럼 외할아버지의 집요함을 물려받았다는 사실 말고는 아는 게 없었다. 3년 전에 별세한 외할아버지는 임종 직전까지도 20대에 듣던 노래를 들었다. 무려 60년 동안 같은 노래를 들은 것이다. 임종을 지키지 못했으므로 엄마의 말이 과장인지 진실인지는 알 수 없었지만 뭐, 맞는 말이겠지 싶었다. 외가에는 대대로 집요함의 계보가 있었다. 큰삼촌은 장기에, 엄마는 뜨개질과 십자수에 몰두했다. 외증조할아버지는 무형문화재로 등록된 장구꾼이었으며 기사식당을 운영하던 작은이모는 30년간 아코디언을 연주했다. 핏줄을 타고 올라가다 보면 스님도 나오고 장인도 나왔다. 민영 삼촌도 마찬가지였다. 엄마는 노래와 밴드만 붙잡고 있는 선형을 보며 매일같이 삼촌에 빗대 욕을 해댔다.

"그놈의 징글징글한 핏줄 아니랄까 봐. 왜 하필 아버지의 그런 면만 닮았니? 너랑 민영이 둘 다 얼굴만 떠올려도 심란하다. 민영이 걔도 서른다섯에 잘 다니던 회사 집어치우고 무슨 동물인지 보물인지 쫓아다니다 비렁뱅이 다 됐잖니. 나는 너 그런 꼴은 못 봐."

"그러는 엄마도 지금 며칠째 십자수만 붙잡고 있
잖아. 전시까지 준비한다며?"

"나야 그냥 취미고. 너네랑 같니?"

엄마가 일부러 왜곡하는 사실이 있는데, 삼촌이
회사를 집어치운 게 아니라 회사가 삼촌을 내쳤다. 조
선업계에서 일하던 삼촌은 IMF의 직격탄을 맞아 이
집트 출장을 마지막으로 구조조정을 당했다. 그리고
선형이 열두 살이 될 때까지 함께 살았다. 학교에서
돌아오면 항상 식은 오므라이스나 컵라면을 꺼내놓
고 케이블 영화채널을 시청하는 삼촌이 있었다.

삼촌이 보는 영화에는 언제나 괴물이 나왔다. 불
가사리, 미믹, 아나콘다와 피라냐……. 그의 흐리멍덩
한 눈동자는 괴물이 나타나는 장면에서 유일하게 생
기를 되찾았다. 그러다 어느 날 갑자기 이집트로 다시
떠나 소식이 끊겼다. 드문드문 관광 엽서와 작은 기념
품을 보내니 어떻게든 먹고사나 보네 유추할 뿐이었
다. 사라진 삼촌은 명절에도, 사촌들 결혼식에도, 심
지어 외조부모 장례식에도 나타나지 않았다.

빈자리를 소문이 부지런히 메꾸었다. 해외에서 도
박하다 감방에 들어갔다느니, 깡패가 되었다느니 하

는 별별 이야기가 나돌았다. 어른들 말로는 당당하면 나타나지 않을 이유가 없다고 했다. "뭐가 구리니까 꼭꼭 숨었겠지, 어릴 때는 참 착실하고 귀여웠는데 어쩌다가." 그들은 거기까지만 말하고서 소주를 들이켠 후 혀를 찼다. 10년이 지나자 소문마저도 없어졌다. 삼촌은 외가에서 없는 사람이 되었다. 모두들 삼촌을 이미 죽은 사람 취급하고 있었기에 그의 사망 소식이 그리 놀랍지 않은지도 몰랐다.

이제 와서 선형은 삼촌이 어쩌다 마지막 공연에 왔는지 궁금해졌다. 지인이 있거나 마니아처럼 노래를 찾아 듣지 않는다면 선형의 밴드를 우연히 알기란 불가능에 가까웠다. 하지만 답을 아는 유일한 사람은 이 세상에 없다. 장례식장에 들어서면 복잡한 마음이 비탄으로 바뀔까? KTX는 정확히 한 시간 40분 만에 익산역에 도착했다. 곧장 택시에 몸을 싣고 부안으로 향했다. 장례식장에 도착했을 땐 새벽 3시쯤이었고 입관식을 앞두고 있었다. 상복을 입은 엄마와 상주를 맡은 큰삼촌이 선형을 입관하는 곳으로 안내했다. 큰삼촌은 얼빠진 얼굴로 안부를 전했다. 다들 무척 피곤해 보였다.

"면접 보고 바로 왔다며. 이번에는 좋은 소식 있을 거다. 너라도 정신 차려서 다행이야. 네 엄마가 얼마나 걱정했는데."

선형은 애매하게 웃으며 대충 감사하다는 의미를 담아 인사했다. 문 앞에서 엄마가 슬며시 말했다.

"있잖니, 조금 있다가…… 너무 놀라지 마라."

엄마와 큰삼촌 얼굴에는 비통이 아닌 의문이 드리워져 있었다. 그리고 약간의 두려움. 엄마가 한 말의 의미는 얼마 지나지 않아 알 수 있었다. 문을 열자 관과 주위를 둘러싼 친인척이 보였다. 민영 삼촌의 마지막 모습을 확인하려고 가까이 다가갔다. 관 안에 누운 형체가 서서히 드러나자 뭔가 이상하다는 것을 깨달았다. 흰 천에 둘러싸인 몸집이 너무 작았다. 그는 한참을 침묵하다 물었다.

"이게…… 삼촌이에요?"

다리가 풀려 주저앉은 엄마를 야윈 아빠가 부축했다. 큰삼촌이 설명을 바라는 선형의 눈을 피했다. 다른 삼촌들 역시 마찬가지였다. 이곳에 명확히 답해줄 이가 없음을 눈치챈 선형은 나름대로 답을 찾으려고 다시 삼촌을 바라보았다. 놓치는 부분이 없도록 온 신경을 눈에 쏟았다. 그러나 눈앞의 물체가 정말 삼촌이 맞는지조차 확신할 수 없었다.

그러니까, 삼촌의 모습이라고는 조금도 찾아볼 수 없는…… 뼈. 누군가 발라 먹기라도 한 듯 적나라하게 드러난 갈비뼈와 두개골, 이빨 몇 개. 그게 다였다.

○

"불법적인 물건 들여오고 내보내는 사람을 뭐라고 하더라? 밀렵? 아니지. 밀렵은 살아 있는 걸 죽이는 거지. 그래, 밀수. 밀수꾼. 내 고향 친구 중에 상희 알지? 장상희. 저기 언덕 위 빨간 지붕 집 살던. 걔가 서울 가서 돈을 어마어마하게 벌었다길래 무슨 일을 하나 했더니 밀수꾼이었다지 뭐냐. 정식으로는 반입안 되는 희귀 야생동물이나 박제, 뼈를 주로 들여왔다지. 징그럽기만 한 걸 돈 주고 사 모으는 사람들이 꽤많다더라고. 어쨌든, 얼마 전에 상희를 만났는데 걔가해외에서 민영이를 봤다는 거야. 심지어는 같이 일도했다고. 민영이 걔 회사 나와서는 뭘 찾는다고 오지란 오지를 다 싸돌아다녔잖냐? 내가 뭐랬냐. 당당하면 안 나타날 이유가 없다고 했지. 결국 불법적인 일로 먹고살았더라 이 말이야. 그래도 무소식이 희소식이라고, 걱정은 됐지만 잘 살고 있겠거니 했는데 이렇게 발견될 줄 누가 알았겠냐."

큰삼촌이 마지막 소주잔을 비우며 말을 마쳤다. 선형은 그의 말을 단번에 이해할 수 없어 애꿎은 수육만 노려보았다.

"어떻게 된 일인지 내가 알 턱이 있나? 법 밖의 일을 했으니 위험한 사건에 엮인 거 아니겠어. 약 같은 거 들여오는 건 다 깡패들이 관리한다면서. 어쨌든 내가 경찰 통해서 들은 건 그 애의 뼈가…… 경기도 어디 야산에서 발견되었다는 것뿐이다. 갈비뼈와 두개골 말고 다른 뼈는 발견되지 않았어. 근처에 누가 먹다 뱉은 듯 떨어져 있던 치아로 신원을 확인했다."

"살해당했는지 아닌지도 모르나요?"

"조사 중이라고는 하는데 워낙에 뭐가 없어서. 묻은 사람은 있겠지. 뼈가 전부 발견된 것도 아니고, 제 손으로 땅 파서 들어간 건 아닐 테니까. 그냥 내 생각이다. 그리고……."

삼촌은 말하다 말고 일어나 음료 냉장고에 다가

갔다. 걸음걸이가 휘청이는 게 꽤나 취한 모양새였다. 소주를 한 병 더 꺼내 주방을 향해 흔들고는 자리로 돌아왔다. 선형은 눈치껏 술을 따랐다. 그가 말을 이었다.

"걔는 꼭 자기가 곧 죽을 걸 알고 있었던 거 같아. 유서가 있었거든."

그때였다. 옆 테이블에서 멍하니 이야기를 듣던 엄마가 팔을 툭툭 치자 큰삼촌은 할 일을 다 했다는 듯이 테이블에 무언가를 올리고 소주병과 잔을 든 채 자리를 옮겼다. 그 자리에 엄마가 앉았다. 선형은 눈앞의 엽서와 열쇠를 바라보았다. 엽서 맨 위에는 '나가사키에서 쓴다'라고 적혀 있었다.

"민영이가 너한테 남긴 거다."

"삼촌이 저한테요? 이게 뭔데요?"

"걔가 청계천 근처에 작은 상가를 가지고 있었다나 봐. 밀수꾼이었다니 물건 모아놓을 곳이 필요했겠지. 엽서 읽어보면 알겠지만, 만약 자신에게 무슨 일이 생길 시 내부 물품 처리를 조건으로 너한테 건물을 증여한다고 적혀 있어."

엄마가 주변을 슬쩍 둘러보더니 목소리를 낮추고

는 속삭였다.

"너도 알지? 그 일대 재개발하는 거."

큰삼촌이 이쪽을 흘깃거리는 게 느껴졌다. 엄마가 별안간 팔을 뻗어 손을 꽉 쥐고는 한숨을 쉬었다.

"다른 삼촌들은 몰라. 엄마랑 큰삼촌만 알아. 엽서에도 너 말고는 절대 알리지 말라고 적혀 있었고. 요점은 네가 건물주가 된다는 거야. 이건 기회다, 선형아. 우리 가족 요 몇 년간 많이 힘들었잖니? 네 아빠도 쓰러지고, 나는 잘 다니던 직장에서 잘리고, 너도 자리 못 잡고 있었고. 사람이 죽으란 법은 없다고 올해부터 운이 좀 트이려나 봐. 너도 곧 번듯한 직장 가질 테고, 우리 막내 민영이가 이런 선물도 주고 가고."

엄마는 티슈를 뽑아 눈물을 훔쳤다. 아직 최종 합격한 건 아니라는 말이 목구멍까지 차올랐으나 한번 내뱉기 시작하면 하지 말아야 할 말도 나올 것 같아 애써 입을 다물었다.

"네 아빠 병원비 어마어마한 거 알지? 하루도 빠짐없이 간병하느라 엄마도 삭신이 쑤셔. 일단 서울 올라가면 바로 상가건물부터 정리해. 계속 가지고 있을지 바로 팔지는 조금 두고 보자. 현금화하면 20퍼센트는 큰삼촌 주기로 했어. 인터넷으로 찾아보니까 다 쓰러져가는 상가 시가가 10억이 넘더라. 그거 담보로 큰삼촌한테 병원비도 좀 빌렸고. 너 일 시작하면 관사 들어가 살거나 고향으로 내려올 테니까 자취방 보증금에 그 돈 합치면 증여세랑 병원비 까도 우리 가족 여유롭게 먹고살 정도는 될 거야."

　　엄마의 말은 지극히 합리적이었다. 반박할 틈이 없어 선형은 좀 징그럽다고 느꼈지만, 말없이 열쇠와 엽서를 챙겼다. 엄마도 큰삼촌도 왜 민영 삼촌의 죽음 에는 아무런 관심이 없냐는 한마디조차 하지 못했다.

　　밖에서 담배를 피우며 읽은 엽서에는 별다른 내용 이 없었다. 공연장에서 들은 노래가 계속 귀에 맴돈다 는 말. 아주 얇고 부드럽고 매끄러운 무언가가 귓바퀴 를 타고 들어와 고막에 도달하는 감촉을 알려주고 싶 다는 말.

　　그거 아냐? 내 조부, 그러니까 네 외증조부는 장구 를 아주 잘 쳤다. 날이 좋은 날에는 고기를 잡고 물이 거친 날에는 장구를 쳤어. 기생집에서도 치고 시장에서 도 치고 길거리에서도 쳤다. 그러다 하루는 무슨 바람이 들었나 장구를 챙겨서 고깃배에 올랐는데, 바다신이 노했는지 파도가 거칠어져 배가 뒤집혔다고 한다. 돌아오지 못했지. 아버지는 나에게 이 이야기를 해주며 말했다. 민영이 넌 내가 만든 새끼들 중 가장 아버지를 닮았다고. 그러니 늘 곡조를 조심하라고 말이야.

곡조. 선형은 그 단어를 입안에 굴려보았다. 외증조부 이야기가 무엇을 뜻하는지 알 수 없었다. 미신이니 핏줄이니 깊게 생각하고 싶지 않았다. 이어지는 내용은 엄마가 전해준 대로였다. 담배를 마저 피우고 돌아와 사흘 동안 빈소를 지켰다. 삼촌의 지인은 거의 없었다. 다른 외가 식구의 지인들만 소박한 조의금을 두고 갔다. 부안에서 공무원으로 일하는 멀고 먼 친척이 연락처를 주고 가기도 했다. 송별회를 하자는 경주의 메시지가 휴대폰에서 연신 반짝였다. 개인 메세지도 쌓여 있었는데, 굳이 확인하지 않았다. 선형은 그가 보낸 장소 후보 중 안주 가격이 가장 싼 곳에 투표한 후 알림을 껐다.

서울로 돌아온 그는 엄마의 독촉에 못 이겨 삼촌의 상가를 찾아 나섰다. 한때 돌고래도 살 수 있었다던 청계천의 한 골목으로 빠져 한참을 헤매자 낡은 건물이 나타났다. 너덜너덜한 간판에는 이렇게 적혀 있었다.

해수어, 담수어 판매
민영 수족관

○

 문은 도어록으로 잠겨 있었다. 열쇠를 들고 다른 문을 찾아 10분 넘게 두리번거렸다. 선형은 뒤늦게 엽서 하단 구석에 추신으로 적힌 비밀번호를 발견했다. 문은 바로 열렸다. 건물에 들어가자마자 묵은 먼지가 그를 반겼다. 손등으로 코를 막고서 한참을 콜록거리다 조심스레 손을 떼어내자 이번에는 비릿한 썩은 내가 코를 쑤셨다.

 벽을 더듬어 전등 스위치를 찾았다. 고장 났는지 켜지지 않았다. 눈을 가늘게 뜬 채 자연광에 의지해 먼지 장막 너머를 확인하자 탄식이 튀어나왔다. 30평 정도 될까? 언제 지어졌는지 마루가 불안하게 삐걱대는 공간에는 크고 작은 어항이 빼곡했다. 물때가 끼어 내부는 잘 보이지 않았다. 대부분 텅 비었으나 몇 개는 곰팡이 막이 생긴 물이 들어차 있었다. 둥둥 떠 있는 죽은 물고기를 보자 구역질이 올라왔다.

"이걸 언제 다 치워……."

쌓인 수조가 기백 개는 될 것이다. 구석의 가파른 계단을 보니 위층도 있는 듯한데, 도저히 혼자 정리할 양이 아니었다. 그냥 청소업체에 맡길까. 이 정도 몰골이면 비용이 적지 않을 텐데. 무엇보다 당장 현금이 없었다. 곧 받게 될 월급도, 엄마의 눈을 반짝이게 하는 이 건물도 미래의 것이다. 시험 준비를 한다고 끊은 알바부터 다시 알아봐야 했다.

"직접 해야지 뭐 별수 있나."

마음을 다잡았다. 상태가 안 좋긴 해도 물건을 중고업체에 팔면 현금이 꽤 될 것 같았다. 미루면 더 하기 싫어지는 법이라 일을 바로 시작했다. 바닥에 나뒹구는 두꺼운 비닐 앞치마를 둘렀다. 그제야 앞치마 가장자리에 묻은 검은 얼룩이 보였다. 얼룩이라기엔 범위가 좀 넓었다. 딱딱하게 말라붙은 그것은 얼핏 핏자국처럼 보이기도 했다. 선형은 코웃음을 치며 고개를 젓고는 가까이 있는 직사각형 어항을 집어 들었다.

고무장갑을 끼고서 죽은 물고기를 건져내고 썩은 물을 버렸다. 어항을 깨끗하게 문질러 닦아 한쪽에 차곡차곡 쌓았다. 단순노동을 하니 머리가 조금씩 가벼워졌다. 두어 시간 일하고 휴대폰을 확인했다. 송별회 이야기가 한창이었다. 파티 장소를 정한 경주가 날짜를 고르고 있었다. 다음 주 주말이 유력했다. 단체 채팅방의 1이 사라지기 무섭게 그가 기다렸다는 듯이 물었다.

─유선형, 너는 언제가 편해?

─주말 좋아. 그때 봐.

간결히 답하고 휴대폰을 뒤집었다.

어항은 아무리 치워도 도저히 줄어들지를 않았다. 어느덧 창밖에는 석양이 내렸다. 슬슬 돌아갈 준비를 하는데 불쑥 삼촌이 남긴 열쇠에 생각이 닿았다. 출입문에는 도어록이 있는데 열쇠는 어디에 쓰는 거지?

생각해보면, 이상한 점은 그뿐이 아니었다.

냄새.

건물에 지독하게 밴 물비린내. 썩은 물과 죽은 물고기가 방치된 수족관이니 냄새가 배는 건 당연하다.

하지만 일하다가 불쑥 깨달았다. 선형이 손수 치운 어항에서 나는 냄새와 공기 중의 냄새가 같지 않다는 걸. 적응할 수 없는, 결이 다른 악취가 팽배했다. 계속해서 신경을 돋우는 이 지독한 부취는 농도부터 판이했다. 지하에서 고래라도 썩어가나? 염도를 맞춘 인공 해수와 곰팡이 핀 금붕어 몇 마리로는 불가능한 역겨움이었다. 선형은 이 냄새를 알았다. 해변가가 아닌 항구에서 나는 냄새. 서해의 유독 강한 짠 내와 수산시장에서 팔리지 않은 생선들이 내장을 드러내고 썩어가는 죽음의 냄새였다.

어항을 정리할수록 냄새가 줄어들기는커녕 더욱 분명해졌다. 집요하게 코를 들쑤셨다. 선형은 홀린 것처럼 열쇠를 쥔 채 원인을 찾아다녔다. 금방이라도 쓰러질 듯 피곤했으나 좀 전에 경주가 보낸 개인 메시지를 잊으려면 신경을 쏟을 대상이 필요했다.

—그런데 너.

—이제 진짜 노래 안 만들 거냐?

—관두자고 한 내가 할 말은 아닌데 좀 아까워서.

2층을 둘러보았지만 별것 없었다. 1층이 수족관이라면 2층은 삼촌이 거주한 공간인 듯했다. 싱글 매트리스와 먼지 쌓인 이불, 바닥에 아무렇게나 떨어져 있는 책, 벌레 꼬인 컵라면 용기가 전부였다. 2층에 다른 공간은 없어 보였다. 다시 1층으로 내려가 어항을 쌓아둔 벽을 살폈다. 몸을 틀어 한 발을 내딛자 어느 지점에서 마룻바닥 삐걱이는 소리가 유난히 크게 울렸다. 발을 굴러보았더니 확실히 몇 걸음 뒤와는 다른 소리가 났다. 허리를 숙여 바닥을 관찰했다. 문득 출입구와 마주 보는 안쪽 벽, 그 앞에 마구잡이로 쌓인 어항과 잡동사니가 다소 어색하다는 생각이 들었다. 서둘러 물건을 옆으로 치웠다. 다급하게 움직이다 몇 개를 깨뜨리기까지 했다. 허무하게 조각난 유리 파편 사이로 쇠퇴한 항구 냄새가 한결 진해졌다. 어항을 다 치운 자리에 지하실로 향하는 정사각형 문이 나타났다. 자물쇠가 딱 하나 걸려 있었다.

"이거다."

선형은 다리를 굽히고 서둘러 구멍에 열쇠를 맞췄다. 문을 열자 조금 전까지와는 비교가 되지 않는, 진득한 비린내가 코를 후벼 팠다. 냄새를 맡는 게 아니라 보이지 않는 파도에 집어삼켜지는 듯했다. 문 아래는 온통 어둠. 어둠뿐이었다. 규칙적인 엔진음이 고막을 간질였다. 그는 벽을 짚고 한 발 한 발 내려갔다.
더 이상 내려갈 곳이 없다고 느낀 순간, 손끝에 플라
스틱의 매끄러운 감촉이 닿아 반사적으로 그것을 눌
렀다. 미세한 전자음과 함께 지하에 불빛이 들어오자
또 다른 문이 나타났다. 이번 문은 걸쇠로만 잠겨 있
었다. 걸쇠를 풀고서 크게 숨을 들이마시며 두꺼운 철
문을 당겨 열었다.

　장마의 구역이었다. 묵은 습기가 쏟아져 나왔다.
눈이 아프게 푸르고 붉은 LED 조명들이 그를 맞았다.
어둠에 익숙해진 눈에 갑작스러운 자극이 닿아 눈을
질끈 감았다. 어디선가 물웅덩이에서 발을 굴리듯 찰
방이는 소리가 생동감 있게 들려왔다. 물이 새는 소리
가 아니었다. 분명 생명이 존재를 알리는 소리. 선형
은 느리게 눈을 떠 말이 안 되는 장면을 맞닥뜨렸다.

　"이게 다 뭐야?"

　얼빠진 혼잣말 말고는 달리 내뱉을 말이 없었다.
눈앞에 펼쳐진 건 지상의 것과 다를 바 없는 수조들
이었다. 천장까지 닿을 만큼 높은 선반에 수조가 온
통 빼곡했다. 관리하는 사람이 없어도 전력만 있다면
꽤 오래 버틸 수 있도록 여과기와 히터, 조명, 필터 등이 세팅되어 있었다. 위층과는 다르게 애정으로 매만진 공간이었다. 어느 부호의 악취미를 위한 아지트 같기도 했다. 정갈함과는 별개로 어항에 든 것들은 믿을 수 없게 낯설었다. 선형은 두려움에 잠식된 눈으로 허리까지 오는 크기거나 한 손에 쥘 정도로 작은 수조를 관찰했다. 지하실을 가로지르며 하나하나 눈에 담았다. 영상이나 책에서도 본 적 없는 기이한 생물체들이 그 안에 있었다. 단순히 처음 보았다는 이유로 낯설게 느껴지는 존재가 아니었다. 아마 누구라도 지하실을 보자마자 깨달을 것이다. 그것들은 예외적인 존재였다. 금기시되어온 무언가였다. 인간이 이름 붙이지 못하는, 붙여서는 안 되는 낯선 생명⋯⋯.

　가장 가까운 수조에는 공포영화 속 미친 과학자의 실험 표본처럼 내장 같은 게 가득 차 있었는데, 경련하듯 작은 폭으로 움직였다. 자세히 보니 그것은 생물의 일부가 아니라 그 자체로 살아 있는 생명체였다. 매끄러운 선홍빛 표면이 느리게 씰룩거리자 구불구불한 틈새가 벌어지면서 뾰족한 이빨이 나타났다. 달팽이처럼 무수한 이빨 사이에는 아무리 봐도 인간의 것과 유사한 눈알 두 개가 자리했다. 선형은 비명을 지르며

물러섰다. 수조 안 생명체는 유리에 바짝 달라붙어 눈
알을 빠르게 굴렸다. 꼭 먹이를 찾으려는 듯이.

그뿐만이 아니었다. 심장 모양으로 자라나는 열
매, 잠수부 수십 명의 팔을 뜯어 먹었다는 식인 조개
껍데기, 그 껍데기에 서식하는 붉은 이끼, 인간 두개
골에 둥지를 튼 거대 소라게, 진짜인지 가짜인지 모를
외계인 박제와 정교한 기계 팔, 붉은 보석이 열린 나
무와 고통받는 인간의 얼굴을 한 물고기까지. 이승과
저승의 틈 혹은 차원의 사각지대에 꽁꽁 숨은 것들을
강제로 끌어냈을까? 삼촌은 도대체 어떤 세계를 돌아
다녔지? 밀수꾼이란 기껏해야 상아나 악어가죽, 야생
동물 따위를 은밀히 들여오는 직업 아닌가? 이게 다
뭐야.

눈에 들어온 광경을 믿을 수 없었다. 그것들은 오
랫동안 방치된 듯했으나 철저히 관리되고 있었다. 때
가 되면 알아서 먹이를 공급하고 수조마다 온도와 습
도를 조절하는 시스템 덕분이었다. 이 역시 삼촌이 자
신의 죽음을 예견했다는 증거이려나. 본능적인 두려
움이 그를 붙잡았지만 안쪽으로, 더 안쪽으로 향하는
발걸음을 멈출 수 없었다.

아까부터 규칙적으로 들려오는 소리 때문이었다.

찰박.

꼭 말을 거는 것 같았다. 이리 와. 내가 좋은 걸 줄게. 나에게 와. 그는 계속 더 깊은 곳으로 움직였다. 기어이 소리와 악취의 진원지를 마주했다.

찰박.

수조는 지하실의 가장 깊숙한 위치에 놓여 있었다. 빙하를 깎아 만든 유적처럼 웅장했고 천장의 간접 조명 때문에 심해를 떼어 온 듯 불길하게 푸르렀다. 수조의 높이가 선형의 정수리를 훌쩍 넘어 고개를 쳐들어야만 크기를 가늠할 수 있었는데, 이루 말할 수 없이 지독한 비린내가 쏟아져 나왔다. 내부 풍경은 잘 보이지 않았다. 방치된 사이 활발히 영역을 넓힌 녹조와 곰팡이가 유리를 가린 탓이었다. 다가갈수록 냄새는 더욱 심해졌다. 어렴풋한 그림자가 보였다. 분명 무언가가 담겨 있었다. 오염된 수조 밖으로 비죽 튀어

나와 형체를 늘어뜨리고 있는 그것.

꼬리지느러미였다.

비늘은 거무튀튀했고 곳곳에 긁힌 상처가 누런 고름을 뱉으며 곪아갔다. 살점이 떨어진 부위도 있었다. 지느러미가 늘어진 유리 벽 밑으로는 꺼림칙한 검붉은 점액이 웅덩이를 이뤘다. 공들여 만든 게 분명한 수조만 아니었다면 음식물 쓰레기통 뚜껑 위로 삐져나온 생선 꼬리라고 해도 믿었을 것이다.

"죽었나?"

꼬리가 느리게 움직이다 펄떡이자 찰박 소리가 들렸다. 지하실을 은은하게 채우는 갖가지 진동과 전자음 속에서 유일하게 생명을 가진 소리였다. 찰박, 습하고 축축하며 찰박, 아주 차갑고 외로운…… 생명체가 마지막 힘을 다해 존재를 알리는 소리. 아까부터 고막을 간지럽힌 바로 그 소리다.

죽어가는 일개 생선인지 지금껏 보지 못한 끔찍한 괴물인지 알 수 없었으나 선형은 그것을 두 눈으로 똑똑히 확인하려는 충동에 사로잡혔다. 삼촌의 열쇠와 이 공간이, 저 소리가 그를 이끌었다. 한 발을 내디뎠다. 유리 너머로 꼭 사람을 닮은 그림자가 비쳤다.

유리 바깥을 아무리 닦아도 시야는 선명해지지 않았다. 닫고 올라설 게 없나 주변을 살폈다. 청소용품을 넣어둔 플라스틱 상자 몇 개가 보였다. 내용물을 쏟고 상자를 쌓아 위에 올라섰다. 하수구에 머리를 처박은 것 같은 습기와 불쾌감이 몰아쳤다. 아래를 내려다본 그는 비스듬히 늘어뜨린 생명체를 발견했다. 해초처럼 젖은 머리카락 사이로 천천히 움직이는 탁한 눈동자. 물은 수조의 3분의 1밖에 차 있지 않았는데, 골반에 붙은 다른 지느러미와 물갈퀴가 달린 기다란 손가락이 수면을 칠 때마다 찰박이는 소리가 났다.

"인어네."

삼촌은 지하에 인어를 숨겨놓은 것이다.

2

인어는 아름다웠다. 코를 찌르는 악취와 갈변한 수초, 역겨운 무늬를 만드는 곰팡이 틈에서 진주처럼 빛났다. 고작 시대마다 기준이 달라지는 아름다움을 이야기하는 게 아니었다. 그 존재는 모든 기준의 밖에 있었다. 애초에 아름답도록 설계된 존재였다. 적어도 시력이 있다면 그를 아름답지 않다고 여길 동물은 없으리라고, 선형은 생각했다.

하지만 익숙함의 범주를 벗어난 아름다움은 두려움을 자아내는 법. 그는 저도 모르게 손을 뻗었다가 물러섰다. 인어는 아름다웠지만 같은 이유로 공포스러웠다. 과연 이런 존재를 맞닥뜨려도 될까, 이 만남이 예측 불가한 우주적 재앙의 징조는 아닐까 싶었다. 그대로 뒤돌아 지하실 입구까지 도망쳤다. 일상에서 비일상의 영역으로 넘어갈 자신이 없었다. 자물쇠를 잠그고 다시는 이 건물에 발도 들이지 않을 생각이었다. 지극히 평범한 세계에만 머물러온 그에게 지하실 생물은 너무 버거웠다. 삼촌이 도대체 무슨 생각으로 이 건물을 넘겼는지 이해할 수 없었다. 그냥 모른 척 하자. 그럼 알아서 죽어갈 것이다. 죽은 것들은 결국 비슷비슷한 모습으로 썩어갈 테다.

그러나 지상으로 발을 내디딘 순간, 아래에서 흘러나오는 가느다란 멜로디가 선형을 붙잡았다. 노래가 되지 못한 곡조. 한낱 허밍이었다. 일정한 구절이 반복되는 것 같았다. 그는 얼마 지나지 않아 어디서 들은 음악인지 기억해냈다.

The Shape of Water - Alexandre Desplat

이경주와 극장에서 본 영화 OST였다. 주인공이 낯선 괴물과 사랑에 빠지는 내용이었다. 몽환적이면서 묘하게 서글픈 음악이 인상적이라 극장에서 내려간 후에도 꽤 오래 OST를 찾아 들었다. 무슨 음악인지 깨닫자 허밍은 더욱 뚜렷하게 귀에 와 닿았다. 음파가 고막에 그림을 그리는 듯했다. 분명 아주 섬세한 세밀화일 것이다. 찰박이는 소리가 계속되었다. 꼭 박자를 맞추는 것처럼. 아슬아슬한 리듬이 신경을 팽팽히 조였다. 끊어질 듯 끊어지지 않았고 계속될 듯 맥없이 고꾸라졌다. 귀를 박박 긁고 싶었다. 간지럽고 감미로우며 괴로운 이 소리를 외면할 수 있는 사람은 없을 거라고 확신했다. 그는 홀린 듯 다시 곰팡이 핀 계단을 지나 지하실 수조 앞으로 돌아갔다.

지저분한 유리에 얼굴을 바짝 들이밀고서 인어의 상태를 살폈다. 포구에서 죽어가는 망둥어처럼 온몸이 메말라 보였다. 죽음을 목전에 둔 모습이었다. 마음이 급해졌다. 일단은 수조를 청소해야 할 것 같았다. 그러려면 먼저 인어를 밖으로 꺼내야 했다. 수조가 너무 거대해 어떻게 해야 할지 고민스러웠다. 게다가 삼촌이 죽고서 들른 사람이 없다면 분명 오래 굶주렸을 것이다. 먹이기도 해야 할 텐데, 얜 뭘 먹지? 정어리? 아니면 고기를 먹나?

그때 2층 삼촌 방에 생각이 미쳤다. 자신에게 지하실 열쇠를 맡긴 건 관리를 부탁한다는 의미일 테니 단서를 남겨두었을 것이다. 2층으로 서둘러 올라가 방치된 상자들을 뒤졌다. 그대로 쓰레기통에 갖다 버려도 이상하지 않을 잡동사니 사이에서 가죽 노트 한

권을 발견했다. 첫 장을 펼치자 엽서와 마찬가지로 삼촌 특유의 흘리는 필체가 나타났다.

2018년 6월 7일. 피니는 잡식성이다. 일단은 그렇다.

필름 카메라로 찍은 사진과 삼촌이 직접 그린 일러스트를 보니 피니란 지하실 인어의 이름인 듯했다. 피니, 피니. 선형은 이름을 읊조려보았다. 이름까지 붙여줬다는 건 각별했다는 뜻일까? 피니에게 슬픈 노래를 알려준 사람도 삼촌이었을까? 단순한 두 음절에서 분명한 애정이 느껴졌다. 어쨌든 삼촌은 인어를 꽤나 소중히 여겼음이 틀림없다. 다음 장에는 본인이 보기 위해서든, 누구에게 보여주기 위해서든 꽤나 정성스레 정리한 '피니 관리법'이 세세히 적혀 있었다. 선형은 노트를 들고 다시 지하실로 향했다.

피니는 해수어로 적정 온도 26~28도를 유지해야 하며 pH는 8. 조명은 푸른색이 좋음. 폐호흡과 물 밖 생활이 가능하지만 가장 좋은 컨디션을 위해서는 적어도 일주일에 한 번 물잠이를 해주는 것이 좋다.

"엄청 번거롭네."

우선 피니가 들어갈 대야를 찾아 물을 받은 다음 해수염을 풀었다. 인어를 꺼내야 했다. 수조를 눕히긴 어려워서 결국 수조 안에 들어가 인어를 등에 업었다. 지느러미가 생각보다 무거워서 고생 좀 했다. 사다리를 타고 밖에 나오니 전신이 땀은 물론 검게 변색된 비늘로 난리였다. 노트를 보면 비늘이 본래부터 검지는 않았을 텐데 영양 상태가 좋지 않아 상한 것 같았다. 살아 있는 존재의 표면이 상하다니, 자신의 잘못이 아닌데도 미안했다.

인어를 임시로 대야에 넣어놓았다. 전신이 들어가기엔 공간이 부족해서 상체가 마르지 않도록 염도를 맞춘 물을 조금씩 끼얹어주어야 했다. 인어는 추운지 몸을 웅크리고 떨었다. 창고에 있는 고양이 사료를 그릇에 담아주었을 땐 평범한 작은 짐승처럼 코를 킁킁대며 앓는 소리를 냈다. 숟가락으로 짐승치고는 점잖게, 사람보다는 게걸스럽게 식사했다. 사료를 어찌나 맛있게 씹는지 선형도 홀린 듯 몇 알을 입에 넣었는데, 역해서 차마 삼킬 수 없었다.

인어가 주린 배를 채우는 동안 수조 내부를 청소

했다. 막노동이 따로 없었다. 물때와 곰팡이를 한참 벗겨낸 뒤, 세제와 곰팡이 제거제의 유해 성분이 남아 있지 않도록 물로 오래 씻었다. 물을 새로 받아 염도 와 온도를 맞추고 전원이 나간 기계를 작동했다.

푸른 조명이 들어오자 알아서 질소량을 일정하게 유지하는 시스템이 돌아갔다. 자정이 넘어서야 모든 작업이 끝났다. 그야말로 하루 종일 아무것도 먹지 않 고 일만 했다. 녹초가 된 선형과 달리 간만에 배를 채 우고 깨끗한 물에 들어간 인어는 한결 생기로웠다.

선형은 지하실 한편에 놓인 이동식 소파에 널브러 졌다. 아마 삼촌이 쓰던 것이겠지. 소파 등받이를 내 리면 침대가 되었다. 삼촌이 여기서 꽤 오랜 시간을 보냈다는 뜻이었다. 퀴퀴한 곰팡이 냄새가 코를 파고 들었다. 겨우 몸을 틀자 대야 속에서 반쯤 누운 한가 한 자세로 그를 관찰하는 인어가 보였다. 심해를 닮은 저 눈에 깃든 건 호기심일까? 선형이 인어를 두려워 하고 궁금해하듯, 인어 역시 선형을 두려워하면서 궁 금해할지 몰랐다.

선형도 인어를 마주 보았다. 눈싸움에 버금가는 시선 교환 끝에 하반신의 곪은 자국들이 마음에 걸렸다. 노트에서 읽은 한 구절이 머리에 스쳤다.

 폐사 조심. 어류가 아닌 상반신은 일반의약품으로
응급치료 가능. 하반신은 세균 감염 시 염도를 맞춘 물
에 약품(옴니쿠어산, 옥시마이신, OTC 등)을 풀어서
치료.

 선형은 마지막 힘을 짜내어 다시 일어섰다. 창고
에서 가져온 물고기용 항생제를 대야에 풀었다. 상체
를 살핀 후 발진이 일어난 부위에는 응급키트 연고를
발라주었다. 인어는 겁에 질린 새끼 고양이처럼 끼잉
거리면서 꼬리지느러미를 펄떡였다. 이제 정말 쓰러
질 것 같아 소파에 몸을 파묻고 잠에 빠졌다. 인어가
자신을 해칠 수도 있다는 생각은 미처 하지 못했다.
그때의 피니는 누군가를 해치기에는 너무나 약해 보
였다. 위협을 가하기는커녕 팔을 들어 올리기조차 힘
겨웠을 것이다.
 꿈속에서 내내 인어의 흥얼거림을 들었다. 끝없이
이어지는 자장가. 선형은 그 편안한 노래를 영원히 듣
고 싶었다. 이 목소리가 절대 현실의 소리일 리 없다

고 여기기도 했다. 그토록 맹목적으로 쫓아다닌 경주의 목소리마저도 이 허밍에는 한참 미치지 못했다. 지금껏 그의 귀를 거친 모든 소리를 소음으로 만들어버리는 달콤함이었다. 외이도와 고막을 지나 부드럽게 뇌를 쓰다듬는 곡조. 묵은 피로가 사라지고 약이라도 한 것처럼 구름 위를 뒹구는 기분. 황홀함을 맛본 귀는 뇌와 심장에 새로운 욕망을 전달했다. 허밍으로는 부족하다. 더 확실하고 분명한 다음이 필요했다. 가사가 필요했다. 세상에서 가장 아름다운 글귀를 선물하고 싶었다. 경주에게 그랬듯, 오롯이 내가 만들어낸 나만의 노래를 이 목소리로 듣고 싶다는 욕망이 피어올랐다. 그를 처음 만났을 때와는 비교조차 되지 않는 떨림이었다.

어수선한 꿈을 꾸었음에도 잠에서 깨니 몸이 떠오를 듯 개운했다. 선형은 대야에서 빠져나와 소파에 턱을 괸 채 자길 바라보는 인어와 눈이 마주쳤다.

찰박, 찰박.

꼬리지느러미가 한결 거세게 물기 흥건한 바닥을

첬다. 박자를 맞추거나 초를 세듯이. 선형이 눈을 뜨
자 신난 피니가 입을 벌렸다. 그의 시선이 웃음의 중
심에 멈추었다.

해식동굴을 닮은 입안에는 혀가 없었다. 파르르
떨리는 검붉은 살덩이가 다였다. 일부러 자른 듯 단면
이 매끄러웠다.

정수리까지 치솟은 고양감이 단번에 내려앉았다.
희게 물든 시야가 원래대로 돌아오기까지는 꽤 시간
이 걸렸다. 우습게도 얼굴조차 모르는 범인에게 화가
치밀었다. 누가 이런 짓을 했을까? 어떻게 이리 아름
다운 존재에게 흠집을 낼 수 있는가? 피니의 잘린 혀
는 선형의 오랜 강박을 들쑤셨다. 마치 세상에서 가장
귀중한 보석을 그라인더로 갈아버린 것만 같은 낭패
감이 몰려왔다.

인어의 턱을 잡고 입안을 한참 살폈다. 구강 구조
는 사람과 크게 다르지 않았다. 앞니 옆의 송곳니가
보다 뾰족할 뿐이었다. 삼촌이 잘랐나? 아니, 아니다.
그는 이 생물체를 가뒀을망정 훼손하지는 않았을 것
이다. 철저히 감으로 내린 판단이었지만 확신이 있었
다. 삼촌은 인어를 아꼈으므로 자신이 죽은 후 홀로

남겨질 것에 대비해 열쇠를 남겼다. 그토록 아끼는 존재를 두고 왜 먼저 죽었는지는 짐작 불가능했지만.

턱을 붙잡힌 인어가 큼지막한 눈을 끔뻑이더니 꿈에서 속삭인 자장가를 흥얼거렸다. 오로지 허밍뿐이라 더욱 완전한 노래였다. 선형은 인어의 어깨를 붙잡고 말했다.

"노래를 불러봐, 계속. 네 목소리를 들려줘."

어깨를 놓아주자 인어는 약 올리듯 노래를 멈추었다. 말이 통하지 않는 생물이 보란 듯이 고개를 갸웃하고서 대야로 돌아가 벌러덩 누웠다. 더 이상 아무 소리도 내지 않았다. 그래, 대화가 될 리 없지. 그는 한숨을 쉬며 일어나 계단으로 향했다. 2층에 가서 삼촌의 유품을 더 챙겨 올 생각이었다. 1층의 어항을 중고업체에 넘기고 집에 들러 제대로 씻기도 해야 했다. 전신이 땀과 바다의 짠 내로 범벅이었다. 계단을 오를 때마다 마루가 삐걱였다. 또다시 찰박이는 소리가 들리더니 인어가 허밍을 했다.

성대의 울림에서 뿜어져 나오는 기운이 팔의 형상을 하고서 그의 발목을 붙잡았다. 그러고 보니 아까도 그랬지. 인어는 선형이 눈을 감자 노래를 불러 깨웠고, 그가 떠나자 미련이 뚝뚝 묻어나는 노래를 불렀다. 막상 불러달라고 하면 입을 다물어버리면서.

어쩌면 인어는 혼자 남는 게 무서운 건가?

○

그로부터 사흘간 선형은 지하실에 살다시피 했다. 일은 해도 해도 끝이 없었다. 계획을 바꿔 삼촌이 머무른 2층부터 정리를 마쳤다. 버릴 짐과 보관할 짐을 박스에 나눠 담았다. 지하실 생물에 대한 노트는 다섯 권이 더 나왔다. 그가 어쩌다 밀수 일에 발을 들였나 궁금했지만 관련 내용은 쓰여 있지 않았다. 노트를 참고해 인어 외의 다른 생물 수조도 하나씩 점검했다. 아무리 낯설고 끔찍해도 살아 있는 것들을 외면할 수는 없었다. 처음에는 혐오스러워 비명이 튀어나왔는데, 밥 몇 번 챙겨줬다고 익숙하다 못해 귀여웠다.

또 한 가지 눈에 띄는 삼촌의 물건이라면 전축이었다. 엘피와 카세트덱, 시디플레이어, 앰프, 튜너에 스피커까지 세트인 구시대의 유물. 그것은 외할아버지 유품이기도 했다. 요양병원에 입원하기 전까지 목숨처럼 아긴 물건이었다. 외할아버지가 이걸 삼촌에게 남겼나? 너무 오래전이라 기억이 희미했다. 세대가 바뀌도록 남아 있는 낡고 거대한 기계가 외가의 핏줄에 흐르는 끈질김의 계보 자체라는 생각이 들었다.

전축은 삼촌이 죽은 후로 먼지가 많이 쌓였지만 관리가 잘된 편이었다. 살펴보니 엘피판이 올라가 있었다. 해수면을 닮은 물빛 엘피였다. 피니가 흥얼거린 음악이 담긴, 영화 〈셰이프 오브 워터〉의 한정판 이벤트 굿즈였다. 마니아 사이에서 수십만 원을 호가하는 물건이었다.

엘피를 어떻게 처분할지 고민하던 선형은 불쑥 전축을 켰다. 좁고 지저분한 건물에 몽환적인 선율이 울려 퍼졌다. 노래를 켜두고서 지하실로 향했다. 어느덧 피니에게 밥을 줄 시간이었다. 딸기우유에 고양이 사료를 섞어 내려가는데 다시 피니의 허밍이 들렸다. 방음이 뛰어나지 않은 건물이라 지하실 문을 닫았는데도 벽과 배수관을 타고 노래가 울렸다. 시멘트 벽 너머로 들리는 노래는 물속에 있는 듯한 착각을 주었다. 피니의 목소리는 미세하게 변형된 그 노래를 완전히 새롭게 태어나게 했다. 따로 들을 땐 몰랐는데 함께

들으니 그것은 절대 같은 노래라고 볼 수 없었다.

피니는 다른 세상, 다른 차원의 운율로 노래했다. 수천 년 전 혹은 수만 년 후의 노래였다. 귓바퀴 솜털이 곤두서면서 뒷덜미가 서늘해졌다. 선형은 짧은 순간 인지 가능한 시공간의 벽을 초월했다. 바다와 우주와 땅의 밑바닥을 보았다. 별안간 깨달았다. 피니의 노래를 듣기 전의 자신과 들은 후의 자신은 완전히 다르다. 한번 미지의 영역을 맛본 고막은 계속 인어의 노래를 원할 것이다. 지하실의 두 번째 문을 밀었다. 그 너머에 심해가 있었다.

○

피니는 착실하게 건강을 회복했다. 곪은 상처는 눈에 띄게 옅어지고 악취와 비린내도 많이 가셨다. 인간과 유사한 상반신의 상처들은 연고를 바른 지 하루 만에 나아 놀라움을 자아냈다. 선형은 지하실 밖에서 일할 때는 전축을, 안에서 일할 때는 블루투스 스피커를 틀었다. 피니에게 새로운 노래를 들려주고 싶어서였다. 피니가 삼촌이 아닌 자신이 알려준 노래를, 자

신의 노래를 불러주었으면 하는 마음이었다. 질투라
면 질투였다. 이미 죽은 사람을 질투하는 스스로가 구
차해 모른 척했을 뿐이다.

오랜만에 음악 스트리밍 앱에 들어갔다. 작년에
'그 일'이 있고 나서 사용권을 끊은 탓에 새로 결제
했다. 다행히 한때 공들여 모은 플레이리스트는 그대
로였다. 피니에게 경주와 자신이 만든 노래를 들려주
기 전에 먼저 좋아하는 노래를 하나씩 소개했다. 어쩌
다 이 노래를 듣게 되었는지, 처음 들었을 때 감상이
어땠으며 노래의 영향으로 무슨 꿈을 꾸었는지 하나
하나 이야기해줬다. 기억의 파편을 모으고 모으다 보
니 선형의 삶이 되었다. 낯선 괴물에게 가장 약한 곳
을 까 보이고 말았다는 자각은 없었다. 아무래도 좋았
다. 인간의 언어를 알아듣는지는 알 수 없었지만 피니
는 선형이 말하는 내내 푸르스름한 실핏줄이 비치는
눈꺼풀을 깜빡이며 그의 눈과 입을 주시했다. 그가 말
을 멈추면 뾰족한 귓바퀴를 씰룩거리며 눈을 감고 노
래를 들었다. 한 곡이 거의 끝날 쯤에는 노래를 엇비
슷하게 따라 할 수 있었다. 지하실에서 노래는 끊이지
않았고 피니는 인간이 만든 악보와 규율을 멋대로 변

형했다. 선형은 피니가 노래를 되돌려준다는 사실만
으로 공허한 대화를 넘어서는 깊은 울림을 느꼈다. 완
전한 소통의 감각. 오래전 경주와 밴드의 첫 곡을 완
성한 순간 맛본 충만함과 비교할 수 없는 압도적인
포만감이었다.

  그렇게 또 며칠이 갔다.

  이제 인어는 선형이 지하실로 내려오는 소리가 들
리면 수조 밖으로 머리를 내밀고 기분 좋게 허밍을
했다. 그가 먼저 노래를 틀지 않아도 그날그날 기분에
따라 부르고 싶은 노래를 불렀다. 피니의 노래는 우
주에 존재하는 모든 세계에서 가장 아름다운 요소를
모아 만든 콜라주 같았으며, 선형이 거친 모든 실패
와 가지지 못한 모든 성공이 담겨 있었다. 그 실제 같
은 꿈은 진짜였다. 진짜와 다름없는 사랑과 이별과 좌
절과 희망이 느껴졌다. 피니의 노래로 매분 매초 다시
태어나는 듯했다. 낡고 해진 과거를 제쳐두고 오로지
지금, 고막을 건드리는 파동에만 몰입했다.

  자신의 상태가 이상하다는 생각은 들지 않았다.
아니, 이상하고 이상하지 않고를 판단해야 할 이유조
차 느끼지 못했다. 지하실 문을 열고 들어서면 피니는

잠시 허밍을 멈추고 붉은 입술을 벌려 웃었는데 그럴 때마다 영락없이 맹수처럼 뾰족한 이빨이 섬뜩하게 드러났다. 선형은 언젠가 피니가 목을 물어뜯더라도 노래를 들을 귀가 남아 있다면 상관없을 것 같았다. 오히려 행복하지 않을까? 귀가 되어 전신으로 피니의 노래를 감각할 수 있다면?

세상의 모든 노래를 단 하나의 목소리로 듣고 싶다. 경주와 함께할 때 느낀 감상은 피니에게 옮겨 간 지 오래였다. 그동안 얼마나 좁은 소리의 세계에 갇혀 있었는지. 피니가 내는 모든 소리가 사랑스러웠다. 목소리를 향한 집착은 성대의 주인을 향한 무조건적인 애정으로 연결되었다. 과거의 경주가 그런 선형을 조금 징그러워한 반면 선형이 느끼기에 피니는 즐길 뿐이었다. 그가 한눈팔면 꼬리지느러미로 수조 벽을 탁탁 쳐댔다. 타격음은 우울할 때도, 짜증스러울 때도 있었다. 가끔은 흥을 주체하지 못해 돌고래 울음소리를 닮은 굉음을 냈는데, 그마저도 매력적이기만 했다. 피니가 흥얼거리는 소리, 숨 쉬는 소리, 뭉툭한 혀로 웅얼거리는 소리, 밥을 먹는 소리까지 모두 달콤했다. 선형에게 그 시간은 이미 폐허가 된 꿈의 발자취를 좇는 것이었다. 막상 직접 만든 노래를 들려주지 못한 이유였다.

그와 별개로 수족관 건물을 정리할 임무가 있었다. 2층은 모두 정리했다. 1층의 어항과 창고에 쌓여 있는 자재 정리도 끝나갔다. 몇 개는 중고 거래 사이트에 매물로 올리고, 일반인이 사지 않을 물품은 전문 중고 업자에게 넘기기로 했다. 하루가 멀다고 전화를 걸어대는 엄마는 정리를 빨리 마쳐야 부동산 중개업자가 들른다며 재촉했다. 재개발까지는 한참 걸리는데다 건축 예정인 주상복합건물에서 장사할 것도 아니니 땅값이 고가를 찍었을 때 건물을 팔자는 게 엄마의 의견이었다.

지방직 면접 역시 곧이었다. 시간이 별로 없었다. 문제는 지하실이었다. 아직 살아 숨 쉬는 기백 개의 생명체가 있었다. 좁은 자취방으로 옮기긴 어렵다. 세상에 선뜻 내놓을 수도 없다. 노트에 적힌 건 지하 생물 관리법뿐이었다. 처리 방법에 대해서는 아무 말도 없었다. 그는 선형이 수족관을 평생 관리하기를 바랐을까?

심란함에 끼니도 제대로 챙기지 못하는 나날이 이

어졌다. 코앞에 닥친 지하실 처리, 과거로 남은 밴드
와 청춘, 앞으로 걷게 될 안정적인 미래에 대한 막연
한 공포와 불안이 오로지 피니의 허밍을 들을 때에만
가셨다. 인어는 소리에 관한 한 뭐든 빠르게 배웠다.
때로는 이전에 부른 노래와 섞어 전혀 새로운 리듬
을 만들어냈다. 그러면 귀가 꼭 족쇄에 묶인 것만 같
았다. 레이스처럼 얇은 지느러미가 고막을 훑다 이내
콱, 조이는 느낌.

　선형은 인어에게 홀렸다고 생각했다. 이 생명체를
모른 척하지 않고 보살핀 시점부터 이미 홀렸는지도
몰랐다. 경주의 연락을 모조리 무시하면서까지 말이
다. 휴대폰에는 부재중 전화가 계속 쌓였다. 장례식장
에 다녀온 후 연락이 뚝 끊겼으니 걱정하는 것도 이
해는 갔다. 선형과 경주 사이에 아직 정이 그 정도는
남아 있었다. 한편으로 선형은 그의 연락을 피하려고
인어 핑계를 대는 게 아닐까 싶기도 했다. 파고들수
록 구질구질해지는 질문이었다. 아, 아무것도 모르겠
다. 그냥 이대로 영원히 피니의 노래만 들을 수 있다
면. 무엇도 먹지 않고 잠도 자지 않고 손가락 하나 까
딱하지 않은 채 피니의 소리에 잠기고 싶었다.

언제부터였을까?

그는 지하실 소파에 시체처럼 널브러져 아무것도 하지 않았다. 1층의 어항들을 업자에게 넘기고 받은 돈으로 피니 밥과 캔맥주를 사고 중국 음식을 포장해 온 게 마지막 외출이었다. 해가 뜨고 지는 걸 가늠할 수 없는 지하실에서 비린내가 밴 물을 마시고, 수조에서 기어 나와 시멘트 바닥을 뒹구는 비늘을 세고, 끊임없이 노래를 듣고, 사흘 전에 산 샌드위치와 빵을 나눠 먹으며 살았다. 잘못된 상태라는 자각조차 없었다. 모든 게 지극히 당연하고 자연스러웠다. 전화벨 소리가 피니의 허밍을 방해해 휴대폰을 꺼버렸다. 그곳은 지하실이 아닌 요람 같았다. 난생처음 느껴보는 완전한 아늑함. 그래도 생리현상은 어쩔 수 없었다. 인어는 그가 1층 창고 방 옆에 있는 화장실에 가려고 문손잡이를 잡을 때마다 구슬프게 흐느꼈다. 볼일을 보러 가는 길이 그렇게 고역일 수 없었다. 매번 사별을 반복하는 기분이었다.

참다 참다 겨우 화장실에 갔다 나오면서 유리문 밖을 서성이는 낯선 사람을 봤다. 그를 무시하고 지하실로 내려가려는 선형을 트럭 경적이 붙잡았다. 그가 응답하기 전까지는 절대 그치지 않을 것 같은 강렬한 소음이었다. 귀가 오랜 시간 피니의 부드러운 음성에 길들여져 높은 데시벨에 심한 타격을 입었다. 귀에서 피가 나올 것 같다는 게 뭔지 몸소 느꼈다. 귀를 힘껏 틀어막은 채 팔꿈치로 문을 밀었다. 트럭에서 내린 여자가 산뜻하게 물었다.

"네가 민영이 조카?"

그는 얼결에 고개를 끄덕였다. 뭐라고 따지기도 전에 여자는 자신을 민영 삼촌의 고향 친구이자 오랜 동업자라고 소개했다. 삼촌이 남긴 연락처로 몇 번이나 전화를 걸었는데도 받지 않아 직접 찾아왔다고. 오늘이 금요일이라는 걸 뒤늦게 깨달았다. 마지막으로 중고 거래를 한 뒤 무려 일주일이 지났다. 우주를 가로지를 만큼 오랜 잠에서 깨어난 듯 당황스러웠다. 부랴부랴 휴대폰을 켜서 실종 신고를 마음먹은 엄마에게 먼저 연락을 넣었다. 경주에게도 전화가 몇 통 와 있었는데, 나중에 확인해도 될 것 같았다.

"연락 안 되는 게 꼭 지 삼촌이랑 똑같네."

여자는 가게 안쪽을 살피며 말했다.

"나 아니었으면 너 지하실에서 말라 죽었을걸?"

"아니에요."

선형은 떼쓰는 아이처럼 근거 없이 반박했다. 여자의 말은 꼭 삼촌이 그랬듯 선형이 타의로 그곳에서 벗어나지 못한다는 의미로 들렸다. 여자가 어디까지 아는지는 알 수 없었으나 타의란 피니를 가리켰다. 피니는 위험한 존재가 아니야. 아름다운 피니는 아름다운 노래를 부를 뿐이다.

여자는 자신을 장 사장이라 소개하고는 자연스레 유리문을 밀었다. 콧노래를 흥얼거리며 내부를 둘러보더니 성큼성큼 지하실 입구로 갔다. 구조를 잘 안다는 태도였다. 뒤늦게 밑에 있는 피니가 떠올라 그를 막아섰다. 장 사장이 코웃음 치며 그의 어깨를 밀쳤다.

"밑에 뭐가 있는지 나도 알아. 난 민영이가 시키는 대로 하는 거야."

지하실로 내려간 장 사장은 놀라는 기색 하나 없이 여유롭게 주변을 살펴봤다.

"관리 상태가 괜찮은걸?"

그가 지하실 어항에 보존된 생물을 가리켰다. 내장 모양 물고기를 관찰하더니 유리를 톡톡 건들며 말했다.

"난 쟤보다는 얘가 귀여운데 네 삼촌도 너도 취향 참 이상해."

여자가 가리킨 '쟤'는 피니였다. 물고기는 귀여움과 거리가 멀었지만 선형은 별다른 대꾸를 하지 않았다. 그래, 세상에는 취향이 별난 사람도 있기 마련이니까. 지하실 전체를 빠르게 훑어본 장 사장이 콧노래를 부르며 이게 다 얼마냐고 중얼거렸다. 선형은 그의 콧소리가 익숙하다고 생각했다.

"쟨 너무 사람이랑 비슷하게 생겨서 오히려 거부감이 든다고. 이런 심리를 지칭하는 용어가 있는데. 음, 불쾌한 골짜기인가."

불쾌한 건 선형이었다. 다짜고짜 들이닥친 것도 모자라 피니를 모욕하다니. 선형은 인어를 만난 지 한 달이 채 되지 않았으며 지하실에 머무느라 일주일 동안 해를 보지 못했다는 사실은 무시했다. 그런 사소한 건 아무런 문제도 되지 않았다. 사람을 죽인 것도 아니고 고작 은둔했을 뿐이다. 그는 여전히 자기 의지로 행동했다고 믿었다. 무례한 이방인에게 한마디 해주고 싶었으나 겨를이 없었다. 장 사장이 팔을 걷어붙이고는 내장 모양 생명체가 든 수조를 해체하기 시작했다. 온도를 맞추는 기계를 떼어 수조를 통째로 들어 올렸다.

"뭐 하시는 거예요?"

"너 얘네 다 관리할 수 있어?"

"그래도 삼촌 건데."

"민영인 죽었잖아. 관리하지도 못하는 애들을 대신 데려가주겠다는데 고마운 줄 알아. 그리고 이건 민영이가 부탁한 거야. 혹시라도 자기가 죽으면 지하실 애들 데려가라고."

그가 턱짓으로 재킷 주머니를 가리켰다. 선형은 비죽 튀어나온 종이를 꺼냈다. 그의 엽서와 마찬가지로 '나가사키에서 쓴다'로 시작하는 글이 적혀 있었다. 분명 삼촌의 글씨체였다. 장 사장은 인어가 든 수조를 응시하며 덧붙였다.

"쟤만 빼고."

인어가 허밍을 시작했다. 선형을 지하실에 붙잡아둔 소리. 첫 번째 수조를 트럭으로 옮기고 돌아온 장 사장이 신경질적으로 귀를 후비며 중얼거렸다.

"기분 나쁘게."

이 소리가 기분 나쁘다고? 감미롭기만 한데. 영원

히 들을 수만 있다면 죽음도 불사할 정도로. 선형은 지하실 생물과 물건을 트럭에 싣는 그를 제지하지 않았다. 장례식장에서 큰삼촌이 한 말이 떠올랐다. 장 사장이 삼촌과 알고 지낸 사이인 건 맞는 듯하니, 감당할 수 없는 것들을 기꺼이 가져가준다면 환영이었다. 인어를 감당할 수 있다고 확신하진 못했지만. 가만히 앉아 있기 뭐해 장 사장을 도왔다.

"이런 건 어디서 데려와요?"

"세상엔 별별 경매가 다 있지. 그 이상은 알 거 없어."

"얘네 지구 생명체가 맞긴 하죠? 아니면 외계인?"

"외계인도 있고."

"삼촌은 어쩌다 이 일을 하게 됐는데요?"

"그걸 내가 어떻게 알아? 나도 경매장에서 만났을 때 놀랐다고."

"안 친했어요?"

"가끔 같이 술은 마셨지."

"그럼 삼촌이 왜 죽었는지도 몰라요?"

그가 걸음을 멈추고 세 계단 위에서 선형을 내려다봤다. 한참이 지나서야 입을 열었다.

"걘 자살한 거야."

"자살한 사람이 어떻게 야산에서 백골로 발견돼요? 묻어준 건 누구고요? 이해가 안 가요."

"나도 이해 안 돼. 걘 원래 이해 불가한 애였어."

"그쪽이 죽인 건 아니고요?"

반쯤 장난으로 던진 질문이었다. 장 사장은 사뭇 다르게 얼굴을 잔뜩 일그러뜨리며 웃음을 터뜨렸다. 수조를 짐칸에 옮겨놓을 때까지 웃음을 멈추지 않더니 눈물을 닦으며 말했다.

"상상력도 좋다. 내가 걜 왜 죽여? 남는 게 뭔데."

"지하실 생물들. 지금 다 챙겨 가고 있잖아요. 이거 비싼 거라면서. 가져다 팔면 부자 되는 거 아닌가?"

내뱉고 보니 나름대로 합리적인 추리 같았다. 장 사장은 입을 다물었다. 대꾸할 가치가 없다고 느꼈는지, 켕기는 게 있는지 판단하기 쉽지 않았다. 장 사장은 지하실 생물을 반 이상 옮기고 트럭에 올라 다시 입을 열었다. 워낙 개수가 많아 수조를 한 번에 전부 옮기기는 불가능했다. 그가 다음 일정을 잡자며 명함을 건넸다.

장가 유통 / 000-0000-0000

"지느러미가 달린 괴물을 조심해. 혹시 필요한 일 있으면 연락하고."

트럭이 좁다란 골목을 빠르게 빠져나갔다. 선형은 명함을 아무렇게나 주머니에 넣은 뒤 지하실로 돌아갔다. 피니가 계단을 반쯤 올라와 있었다. 물건이 빠져 한결 넓어진 공간에 피니의 목소리가 메아리쳤다. 그는 피니를 수조에 돌려놓고 시리얼 봉지를 쥐여주었다. 피니는 봉지에 얼굴을 처박고 시리얼을 먹었다. 마지막 남은 한 알까지 탈탈 입에 털어 넣었다.

소파에 눕고서야 휴대폰을 켰다. 기다렸다는 듯이 진동했다. 화면에 경주의 이름이 떠 있었다. 전화를 받을지 말지 망설이다 통화 버튼을 누르려는 찰나, 기다리다 못한 경주가 먼저 전화를 끊었다. 기분 상한 티가 나는 메시지가 연이어 도착했다.

—너 왜 요새 우리 연락 씹냐. 무슨 일 있는 거 아니지?

—연락 좀 받아봐. 우리 다시 안 볼 거 아니잖아. 너 설마 아직 삐져 있어?

―네 노래 뺏긴 게 내 탓도 아니고 너도 시험 붙을 거라며. 그런데 뭐가 문제야?

―됐고, 만나서 이야기해. 내일 7시 종각역 알지?

선형은 알겠다 답하고 휴대폰을 뒤집었다. 갑자기 피로가 몰려왔다. 인어는 입꼬리에 시리얼을 붙인 채 그를 빤히 바라봤다. 혀가 없으니 맛을 못 느끼지 않나? 누가 혀를 잘랐을까? 잘린 혀는 어디에 있나? 아니, 아니다. 이미 벌어진 일은 중요하지 않다. 중요한 건 일이 벌어진 다음이다. 미래를 결정하는 선택의 순간은 보통 그때 도래한다. 선형은 질문을 바꿨다.

어떻게 해야 피니에게 혀를 돌려줄 수 있을까?

아직 읽지 않은 삼촌의 일기장을 펼쳤다. 피니에게 혀를 되찾아주려면 피니에 관한 모든 걸 알아야 했다. 노트는 총 여섯 권이었다. 주기와 시기는 들쑥날쑥했다. 피니의 흥얼거림이 고막을 간지럽혔다.

야마구치에서 열리는 경매에 그것이 있다는 소식을 들었다. 10년 넘게 찾아다녔는데 결국 고작 경매장에서. 하지만 이것도 감지덕지하다. 목소리를 다시 들을 수만 있다면.

계속 넘겼다. 의미 없는 불안의 낙서들이 이어졌다. 읽을 수 있는 글은 드문드문 나왔다.

낙찰됐다. 훼손된 상태라 경매가는 그리 높지 않았다. 전 재산까지는 털지 않아도 돼서 다행이다. 인어를 키우려면 품이 많이 든다.

피니는 박제가 결정되어 죽음을 기다리는 관상용 인어였다. 위험을 방지하고자 성대와 혀가 제거되어 있었다. 목소리를 잃은 세이렌은 무리로 돌아가도 어울릴 수 없다. 다른 세이렌의 먹이가 될 뿐이다.

피니는 처음에 허밍은커녕 아무 소리도 내지 못한 것 같았다. 이후에는 피니를 보살피고 수조를 꾸미는 내용이 대부분이었다. 간혹 졸면서 적었는지 글씨체가 엉망이라 의미를 파악하기 어려운 문장도 있었다. '이집트에서 처음 그 소리를 들었을 때' '외이도를 헤엄치는 송사리' '비늘의 수만큼 언제까지나'. 선형은 불쑥 궁금해졌다. 피니가 예전에는 소리를 내지 못했다면 삼촌이 누구의 소리를 그리워했는지. 그 소리가

피니의 것이 아니라 한들, 삼촌은 확실히 목소리 없는
인어를 아꼈다. 상처를 치료하고, 밥을 먹여 살찌우
고, 질 좋은 해수를 담은 치료항을 만들어주었다. 피
니는 심해를 닮은 어항에서 느리게 회복했다. 어렴풋
한 기시감을 느꼈다.

피니의 노래를 듣고 싶다. 성대를 돌려줄 것이다.

일기 속 삼촌은 지금의 선형과 다를 바가 없었다.
삼촌이랑 똑같다는 장 사장의 말이 주문처럼 맴돌았
다. 삼촌과 자신은 놀랍게도 비슷한 일과를 공유했다.
그런데 삼촌이 어떻게 되었더라? 야산에서 백골로 발
견되었지. 누군가 발라 먹은 것처럼. 장 사장이 받은
엽서에 적힌 날짜를 떠올렸다. 선형의 엽서에 적힌 날
짜보다 두 달이나 늦었다. 그때까지는 삼촌이 살아 있
었다는 말이다. 인터넷에 검색해보니 토양 상태마다
다르지만 시신이 백골로 변하기까지는 보통 석 달에서
여섯 달이 소요된다고 한다. 삼촌은 어쩌면 땅속에서
백골이 된 게 아니라 백골이 된 채로 묻힌 게 아닐까?
선형은 지느러미로 수조를 치며 관심을 끄는 피니

를 바라보았다. 입을 벌리고 웃을 때면 유난히 반짝이는 뾰족한 송곳니. 그는 고개를 저었다. 이유 모를 떨림을 뒤로하고 노트를 마지막 페이지로 넘겼다. 물에 젖었다 말랐는지 구깃구깃한 종이에는 불길하게 검붉은 물방울이 곳곳에 튀어 있었다.

피니가 새끼손가락을 먹었다. 내가 준 것이나 마찬가지다.

차도는 없었다. 효과가 있나 없나? 약지까지는 줘봐야 하나?

공연장에서 만난 삼촌의 모습이 머리에 스쳤다. 귀를 덮은 거즈와 잘린 손가락. 선형은 무심결에 새끼손가락과 약지의 이음매를 확인했다. 여길 잘라서 줬다는 거지.

피니가 소리를 냈다. 분명 소리였다. 짐승의 신음을 닮은······.

피니는 여전히 허밍을 했다. 선형이 봐주지 않아 불만인지 묘하게 신경질적인 음성이었다. 삼촌은 살점을 바쳐 달콤한 목소리를 되찾아주었을까? 인어공주가 목소리를 바쳐 인간의 다리를 얻었듯이. 정말 삼촌의 살이 성대의 재생을 도왔다면.

휴대폰이 다시 진동했다. 단체채팅방에 약속 장소와 시간을 알리는 공지가 올라왔다. 선형은 간만에 지상으로 올라가 지하실 문을 잠그고 자취방으로 향했다. 지하실 문틈으로 발목을 붙잡는 허밍이 들려왔지만 애써 무시했다.

집으로 돌아와 오래 씻었다. 씻어도 씻어도 비린내는 빠지지 않았고 귓가에는 계속 피니의 허밍이 맴돌았다. 언젠가 자신의 노래를 부르는 피니를 상상했다. 상상만으로도 행복했는데, 짧은 행복이 가시자 아직 미련이 남았나 싶어 자괴감이 밀려들었다. 이미 벌어진 일은 잊는 게 상책이다. 밴드는 끝났고 경주는 떠났다. 하지만 노래는, 단 한 사람을 떠올리며 만든 노래들은…… 어디로 가나? 어디로 가야 하나?

욕실에서 나오자 책상 위의 노트북과 공들여 마련한 오디오를 비롯한 음향기기가 보였다. 경주가 사준 물건도 있었다. 모조리 팔면 얼마나 받을지 계산하다 스륵 잠들었다. 피니는 집요하게 꿈까지 쫓아왔다. 굳게 닫힌 지하실 문을 응시하며 허밍을 하는 뒷모습에 당장이라도 지하실로 돌아가고 싶었다. 잠에서 깨니 다행히 비이성적인 욕망이 가셨다. 오랜만에 제대로 된 밥을 먹고 사람다운 차림새로 방을 나섰다. 가기 싫은 마음 반, 진탕 취하고 싶은 마음 반으로 느리게 걸어 약속 장소에 도착했다. 약속 시간을 우습게 아는 경주는 역시나 아직 오지 않았다. 선형은 불쾌해진 친구들 사이에 끼여 막걸리와 소주를 입에 털어 넣었다.

"야, 필합 축하한다. 면접도 잘 봤다며. 우리 그래도 한창 공연했을 때 재밌었어. 지금 다 알아서 할 일 찾았으니 얼마나 다행이냐? 제때 발 뺀 거야. 그대로 날백수 되는 애들 많잖아. 그런데 너, 저작권료로 얼마나 벌었냐? 그 정도는 말해줄 수 있잖아?"

하고 싶은 말을 속으로 삭이면서 소주 한 병을 비웠을 때였다. 창 너머로 외제 차가 보인다 싶더니 얼마 지나지 않아 경주가 들어섰다. 모두 그를 반겼다. 선형은 어째서인지 마지막으로 만났을 때보다 수척

해진 그를 올려다보았다. 때마침 술집을 가득 메우던 감성 발라드가 끝나 노래가 바뀌었다. 얼마 전에 컴백한 인기 아이돌 '블루러브'의 대표곡이었다.

"어, 너네 노래 나온다."

친구 한 명이 장난스럽게 외쳤다. 선형은 잔을 마저 비웠다. 이렇게 빨리 마시면 안 된다는 걸 알았지만 멈출 수 없었다. 경주가 굳이 먼저 앉은 이들을 일으켜 세워 가장 안쪽에 자리한 선형 맞은편에 앉았다. 사방에서 장난스러운 탄성을 내질렀으나 둘 사이에는 정적만 흘렀다. 와자지껄한 소음과 뒤섞인 노래는 태풍을 닮은 절정으로 치달았다. 근처 테이블에서 누군가 흥겹게 후렴을 따라 불렀다. 친구들의 화제는 순식간에 블루러브의 컴백곡과 그들의 프로듀서인 스타 작곡가에게 넘어갔다. 선형은 빈 잔을 앞에 두고 침묵했다. 경주가 먼저 입을 열었다.

"얼굴 보는 건 오랜만이네. 필합 축하한다."

경주가 그의 잔에 술을 채웠다. 그는 선형의 표정을 집요하게 쫓았다. 선형이 빠르게 술잔을 비우자 블루러브의 노래가 끝났다. 선형은 있는 힘껏 미소를 걸고서 답했다.

"그러게. 오늘이 우리가 마지막으로 보는 날이겠다."

1년 전 5인조 아이돌 그룹 블루러브가 데뷔한 여름, 선형은 배신을 맛봤다. 상한 고기처럼 시큼하고 미끌거리는 역한 맛이었다.

3

블루러브는 노래만 냈다 하면 스트리밍 사이트 순위의 맨 꼭대기를 차지하는 유명 작곡가 준이 프로듀싱한 그룹이다. 데뷔 전부터 세간의 관심을 받았으며 데뷔곡이 대히트를 치면서 곧장 톱스타 반열에 올랐다. 데뷔앨범에는 인트로와 타이틀곡 그리고 수록곡 단하나가 포함되었다. 모두 준이 만든 노래였다. 여름과 어울리는 트로피컬 무드의 경쾌한 타이틀과는 달리 커플링곡 〈크루즈 러브〉는 이루어질 수 없는 짝사랑처럼 아련하고 잔잔한 가사와 후렴으로 마니아층과 대중의 인기를 모두 얻었다. 덕분에 수년이 지난 지금까지도 여름만 되면 차트에 오르는 명곡으로 자리 잡았다.

블루러브가 큰 성공을 거두자 작곡가도 함께 주목받았다. 팬들은 다시 한번 작곡가의 능력을 찬양했다. 그는 각종 인터뷰와 생활 예능에 등장하며 연예인 못

지않은 인기를 누렸다. 센스 있는 천재 작곡가의 인기는 해가 바뀌어도 꺾이기는커녕 날로 치솟았다. 아이돌에 관심이 없는 노인이나 블루러브의 멤버를 다 알지 못하는 젊은 세대조차 준은 알았다. 여름이면 어느 거리를 가도 〈크루즈 러브〉가 들려왔다. 온 세상의 노래를 네 목소리로만 듣고 싶었어……. 준은 선형이 다닌 대형 작곡 아카데미의 담당 강사이기도 했다.

선형은 〈크루즈 러브〉를 카페 배경음악으로 처음 들었다. 블루러브가 데뷔한 지 일주일이 채 지나지 않은 때였다. 그는 경주와 카페에서 망한 필기시험 점수를 매기고 있었다. 마지막 문제의 오답 확인과 함께 과락을 직감한 순간 고막에 익숙한 음정이 닿았다. 왠지 낯익은 그 노래는 단번에 선형을 사로잡았다. 이 노래를 어디서 들었더라? 기억이 날 듯 나지 않아 괴로웠다. 경주는 새로 데뷔한 아이돌 신곡이라고 답했다. 그는 익숙함의 원인을 찾아 기억을 뒤지는 선형의 잔뜩 찌푸린 미간이 처참한 성적 때문인 줄 알았는지, 어차피 이번 시험은 떨어질 거라고 여기지 않았냐며 별로 도움이 안 되는 위로를 건넸다. 아직 제법 아기자기한 관계를 유지하던 시절이었다. 선형이 반응하지 않자 그는 불쑥 화제를 돌렸다.

"그런데 이 작곡가 너네 학원 선생님이라고 하지 않았나? 술도 가끔 얻어먹었잖아."

"응, 맞아. 좋은 분이셔."

"소속사에서 끗발 세다던데."

"그거까진 모르겠고."

선형은 오래전에 학원을 관뒀지만 준은 고마운 스승이었다. 늘 성실히 강의했고 기획사 AR팀에 직접 데모를 보내면서까지 선형의 프로 데뷔에 힘써주었다. 실무와 이론을 균형 있게 가르쳤으며 본인에게 제안이 왔으나 일정상 맞지 않아 탈락한 오퍼를 학생에게 넘겨 작업할 기회를 주기도 했다. 그런 식으로 꽤 많은 동기가 프로로 데뷔했다. 안타깝게도 선형은 매번 요즘 트렌드와 맞지 않는다는 이유로 거절당했지만. 쓸데없이 청승맞고 구슬프다는 게 주된 피드백이었는데, 이의는 없었다. 경주의 목소리로 녹음한 데모를 듣고 조금이나마 대중적으로 손봐준 이 역시 준이었다.

그는 아카데미의 모든 작곡가 지망생들에게 우상이었다. 선형 역시 다르지 않았다. 별생각 없이 뮤직

비디오를 틀어 축하와 설렘, 약간의 질투가 뒤섞인 마음으로 타이틀곡을 감상했다. 리듬이 귀에 편하게 감겨 호불호 없이 모두가 좋아할 노래였다. 이질적인 요소 하나 없이 세련되면서 중독적인 구조를 짜는 건 선형이 늘 본받으려는 준의 가장 큰 특징이자 장점이었다.

하지만 수록곡 〈크루즈 러브〉를 틀었을 땐 다른 기분에 휩싸였다. 도입부에 깔리는 비트가 어딘가 익숙해 불쾌했다. 기억의 틈새를 샅샅이 파고들다 눈치챘다. 〈크루즈 러브〉의 도입부는 밴드 해체로 끝내 발표하지 못한 자신의 마지막 노래 〈산호초〉의 도입부와 비슷했다.

찝찝함을 제쳐둔 채 계속 들었다. 어차피 완전히 새로운 노래란 없으며 음표를 조합해서 만들 수 있는 악보는 이미 다 나왔다는 말을 떠올리기도 했다. 크루즈 갑판에서 오렌지 소다를 즐기는 듯한 나른한 리듬이 이어졌다. 짝사랑을 거친 파도와 태풍에 비유한 후렴구는 위태로움과 아련함을 자아냈다. 본래 성악을 준비했다는 멤버의 깊고도 맑은 음색이 브리지를 차지했다. 후렴구는 멤버 전체가 함께 불렀다. 아무리 노력해도 끝내 닿을 수 없는 대상을 향한 구애의 가사였다.

"이거……."

경주가 먼저 말했다.

"노래가 좀 익숙하다. 기분 탓인가?"

선형은 있는 힘껏 미소를 유지했다. 일부러 아무렇지도 않은 척, 어떤 낌새도 알아채지 못한 척 태연히 말했다.

"잘 모르겠는데? 벌써 시간이 이렇게 됐네. 나 이제 수업 가봐야 해. 여기까지 와줘서 고맙다."

경주가 입을 달싹거리는 사이 그는 짐을 챙겨 카페를 나왔다. 바로 옆 건물인 공무원 학원으로 들어갔다. 수업에 참석하는 대신 학원 충계 난간에 기대 침착하게 가사를 다시 한번 확인했다. 확실히 자신의 작사 데모 중 탈락한 구절이 있었다. 수많은 수정을 거듭했지만 끝내 채택되지 않고 버려진 문장들. 거친 바다 한복판에서 나룻배를 타는 듯 멀미가 치밀었다. 다리에 힘이 빠져 주저앉은 채로 〈크루즈 러브〉와 〈산호초〉를 번갈아들었다. 전체적으로는 분명히 달랐지만 일부는 그대로 가져다 쓴 것처럼 유사했다. 연락처를 뒤져 준 선생님에게 전화를 걸었다. 받지 않았다. 메시지를 남기려고 자판을 두드리는데 손끝이 계속 미끄러져 아무것도 칠 수가 없었다.

결국 학원으로 찾아갔다. 방송용 메이크업을 한 준이 건물에 막 들어왔다. 그는 선형을 발견하자 환하게 웃으며 인사했다. 한 치의 티끌도 없이. 너무나 맑아서 의혹을 풀려고 질문을 던지는 게 죄악으로 느껴졌다. 선형은 애써 미소를 지으며 입을 열었다.

"선생님, 잠깐 얘기할 수 있을까요?"

그는 곤란하다는 표정을 지었다.

"내가 다음 스케줄 전에 잠깐 들른 거라. 꼭 지금 해야 될까?"

그에게 때마침 전화가 걸려왔다. 학원 실장이 다급히 선생님을 찾았다. 그날 선형은 아무 이야기도 하지 못했다.

다음 날도, 그다음 날도 학원에 갔다. 네 번째로 방문했을 때에야 준과 대화할 수 있었다. 선형이 조심스레 〈크루즈 러브〉의 가사와 도입부, 후렴구의 선율을 입에 담자, 그는 처음엔 발뺌하더니 곧 불쾌한 기색을 내비쳤다. 종내에는 책상을 치며 화냈다. 내가

그렇게 도와줬는데 배은망덕하구나. 어차피 배은망덕
한 제자가 된 이상 더 집요하게 진실을 밝히는 수밖
에 없었다. 그간 준과 나눈 메시지와 첨부 파일을 정
리해 증거로 들이밀었다. 담배를 한 대 피우고 온 그
는 갑자기 친절한 목소리로 사과가 아닌 제안을 했다.

"그럼 이렇게 하자. 공동 작곡으로 네 이름 올려줄
게. 사실 네가 곡을 발표한 것도 아니었고 내 노래가
네 노래와 완전히 겹친다는 의견에 동의하지 않지만
나도 우리 애들도 한참 치고 나가야 할 때 구설에 오
르는 건 싫으니까 하는 소리야."

선형은 더 이상 선생님이 아닌 준을 노려봤다.

"왜? 뭐가 더 필요해? 돈이라도 더 뜯어내려고?
애초에 그게 목적이었니?"

선형이 말이 없자 준은 피곤한 얼굴로 자리를 비
키며 말했다.

"그럼 생각해보고 연락해라. 인터넷에 올리면 공동
작곡이고 뭐고 없어. 잘 생각해. 알지? 이제 나가봐."

쫓겨나듯이 학원을 나왔다. 지금껏 존재하지 않았
던, 어쩌면 항상 존재했으나 아무도 있는 줄 몰랐던
분노가 피어올랐다. 선형은 뽑힌 생선 눈알처럼 죽은

빛을 띤 채 버스에 올랐다. 블루투스 이어폰으로 블루러브의 노래를 반복해서 들었다. 그 노래는 자식을 죽이고 대신 태어난 악마의 아이 같았다. 재생이 반복될수록 의혹이 점점 확실해졌다. 3분 18초에는 선형이 오랜 시간 작곡가와 의견을 나눈 콘셉트와 아이디어가 하나도 빠짐없이 포함되어 있었다. 무수한 신생아 사이에서 제 아이를 찾아내는 부모처럼, 오로지 선형이기에 알아챌 수 있었다. 버스의 목적지는 노량진. 죽은 악보가 사는 고시원이 있는 곳, 서울에서 가장 많은 생선이 죽어나가는 곳이었다.

청담동 학원에서 노량진 수산시장까지는 한 시간이 조금 넘게 걸렸다. 선형은 그동안 무엇이 나은 선택인지, 무엇을 버리고 어떤 걸 받아낼 수 있을지 고민했다. 실은 노래를 줄 마음이 있었다. 막말로 계란으로 바위 치기 같은 논란을 일으키기보다 작곡가의 제안을 받아들이는 게 낫다는 걸 알았다. 유일하게 걸리는 한 가지는 바로 목소리였다. 선형에게 목소리란 음표의 나열과 시를 닮은 가사에 생명을 불어넣는 마지막 열쇠, 그림으로 치자면 초상화의 가장 마지막에 그리는 눈동자 혹은 안광이나 마찬가지였는데 〈크루

즈 러브〉의 후렴구는 어린 멤버들의 합창으로 이루어
졌을뿐더러 제각각인 목소리를 한 톤으로 맞추기 위
한 전자음 범벅이었다. 정성 들여 그린 얼굴의 완성을
앞두고 손이 미끄러져버리는 참사와 같았다. 용납할
수 없었다.

　작곡가의 귀가 어떻게 됐을까? 왜 노래의 절정에
말도 안 되는 짓을 했을까? 그가 살을 붙인 다른 파트
야 무슨 짓을 해도 상관없었다. 본래 짙은 물빛처럼
깊고 탁한 경주의 음색으로 불러야 할 후렴이 문제였
다. 노래가 몸이라면 목소리는 몸의 주인이 되어야 했
다. 하지만 시끄러운 전자음과 솜사탕처럼 가볍고 산
뜻한 목소리는 육체를 지배하고 휘두르지 못했다. 선
형이 공들여 직조한 멜로디는 생명을 채 부여받기도
전에 싸늘히 굳었다. 죽은 채로 태어난 새끼 고래처럼
헤엄 한번 제대로 치지 못하고 끝났다. 허무가 선형의
열등감을 자극했다.

　왜 작곡가는 되고 나는 되지 않는가? 왜 경주는
기껏 밴드를 만들어놓고 도망쳤나? 생각해보면 그는
매사가 가벼웠다. 그가 선뜻 밴드를 시작할 수 있었
던 건 모든 것을 공평하게 진심으로 대하지 않는 태

도 때문이었다. 그가 미웠다. 마음속에 일렁이는 분노
는 작곡가를 지나 경주에게 닿았다. 그의 목소리만 있
다면 얼마든지 더 해볼 수 있었다. 망망대해에서 보물
섬을 찾으려고 물장구치는 보람 없는 짓을 몇 년이고
몇십 년이고 할 수 있었다. 아니, 해보고 싶었다. 결국
그러지 못하고 끝났지만.

　그의 능력과 재력에 기생하던 자신은 이제 헛된
꿈에서 빠져나와 모두가 입을 모아 말하는 진짜 현실
을 살아내야 했다. 아, 환상 없는 현실은 얼마나 삭막
하고 지루한지. 엄마와 친척 어른들 말대로 '철이 든
척'했지만 여전히 괴리감에 사로잡혀 있었다.

　버스에서 내려 길을 걸을 때도, 학원 자습실에 앉
아 멍하니 기출문제집을 들여다볼 때도, 밥을 먹거나
화장실에 갈 때도 계속 그 노래를 들었다. 역겹고 사
랑스러운 노래를.

　며칠이 흘렀다. 작곡가에게는 연락하지 않았다.
꿈이라는 이름의 미련을 물리치려고 몸부림쳤다.

　누구보다 노래로부터 자유로워지고 싶었다. 남들
처럼 한낱 몇 분짜리 흥얼거림에서 벗어나 목소리건
전자음이건 신경 쓰고 싶지 않았다. 공동 작곡으로 이

름을 올려 적지 않은 저작권료를 나눠 받으며 부지런히 적금을 들고 돈을 모아 안락한 노후를 준비하고 싶었다. 하지만 선조에게 물려받은 집요함의 계보가 어김없이 선형을 갉아먹었다. 그는 언젠가 집착이 자신을 집어삼키리라 직감했다. 어쩌면 이미 끝을 향해 나아가는 중인지도 몰랐다.

마침내 결론에 도달했다.

학원 자습은 오후 10시에 끝났다. 엉덩이를 의자에 붙이고는 있었지만 기껏 남은 거라곤 피가 날 것 같은 고막과 비참함이 전부였다. 학원에서 고시원까지 가려면 수산시장을 다시 거쳐야 했다. 시장 앞을 막 지나는데 경주에게 전화가 왔다. 근처라며 간만에 술이나 한잔하자고 했다. 무시하고 싶었지만 뭔가 할 말이 있는 것 같아 알겠다 답했다. 그는 이미 수산시장 2층 홀에 앉아 있다고 했다. 방향을 틀어 그가 알려준 곳으로 향했다.

테이블에는 윤기가 흐르는 광어와 참돔의 살점이 숭덩숭덩 두껍게 썰려 있었다. 경주는 사시미건 육사시미건 날것은 무조건 종잇장처럼 얇은 걸 선호했다. 선형은 그의 맞은편에 앉았다. 허기가 져서 깻잎 한

장에 쌈장을 묻힌 광어회 한 점을 올려 한입에 밀어 넣었다. 역시 회는 두꺼운 게 맛있다. 팔짱을 낀 채 고개를 숙이고 있던 경주가 입을 열었다.

"그 작곡가한테 연락해봤냐?"

선형은 고개를 끄덕이며 며칠 전의 일을 말했다. 경주는 말없이 들었다.

"공동 작곡이면 괜찮은 거 아냐? 어쨌든 네 이름도 올라가잖아."

"고민 중이야."

"오래 고민해서 뭐 하냐? 마음 바꾸기 전에 좋다고 해. 아니면 더 구체적으로 원하는 걸 요구하든가."

"구체적으로?"

경주는 아차 싶은 표정으로 답했다.

"어, 뻔하지. 돈이나…… 아니면 다음 노래를 같이 작업하게 해달라거나."

"그 말 하려고 만나자고 했어?"

"겸사겸사. 나 내년에 미국 돌아갈 거 같아. 소식도 전할 겸."

"……그래."

선형은 회를 꼭꼭 씹어 삼켰다. 씹을 만큼 씹었는

데도 회가 목구멍을 넘는 감각이 불편했다. 경주 앞에
놓인 술병을 가져와 잔을 단숨에 비웠다. 선형은 자리
에서 일어나 그에게 물었다.

"노래는 이제 안 불러?"

"노래를 아예 안 부르는 사람도 있어? 부르기야
하겠지. 파티에서도 부르고, 한국 오면 노래방 가서도
부르고, 사랑하는 사람에게 불러줄 수도 있고, 혼자
흥얼거리기도 하겠지."

"그 말이 아니잖아."

"난 네가 원하는 대답은 못 해줘."

"나도 알아."

돌아선 선형의 등에다 경주가 외쳤다. 계산은 내
가 미리 다 했어! 선형은 비린내가 밴 계단을 내려와
수산시장을 빠져나왔다. 밤중인데도 시장은 오징어배
처럼 빛을 뿜었다. 토사물이 묻은 고시원 담장 앞에 도
착했을 때 준에게 전화를 걸었다. 준은 신호음이 정확
히 다섯 번 흐른 후에 응답했다.

"고민 좀 해봤어?"

그는 학생들에게 술과 밥을 자주 사 줬다. 아주 늦
거나 아주 이른 시간의 노량진 수산시장을 좋아했으

며 광어와 참돔 말고는 먹지 않았다. 단골 시장 이모님에게 항상 회를 두껍게 썰어달라 부탁하곤 했다. 혼자가 된 경주는 아마 남은 회를 한 점도 먹지 않았을 것이다. 두꺼운 회를 삼키지 못하니까. 수화기 너머에서 준이 사뭇 인자한 목소리로 덧붙였다.

"힘든 고민이란 거 안다. 하지만 네 미래를 생각해봐, 선형아. 단기적으로 말고 장기적으로다가. 멀리 봐야지. 수평선 너머를 상상하는 거야. 음원이 좀 잘되었니? 한번 물꼬를 트면 그다음은 쉬워. 그때 진짜 네가 하고 싶은 걸 하는 것도 나쁘지 않아. 오히려 현명한 선택이지."

"고민해봤어요. 저도 쓸데없이 시끄럽게 할 생각은 없어요. 하지만 노래는 내려주세요. 후렴구를 바꾸거나 아예 재녹음하지 않는 이상 그 노래가 길거리에서 들리지 않으면 좋겠어요."

그는 헛웃음을 터뜨렸다. 회유와 욕설을 적절하게 뒤섞은 궤변이 이어졌다. 선형은 일방적으로 전화를 끊었다. 진동이 이어졌지만 받지 않았다.

전화는 몇 날 며칠 수시로 걸려왔다. 경주의 전화도 있었다. 고시원 앞에 학원 사람들이 어슬렁거리기도 했다. 그는 집 밖에 나가지 않았다. 온종일 좁은 방에 틀어박혀 노래를 흥얼거렸다. 흥얼거리는 자신의 목소리가 마음에 들지 않아 울분이 났다. 차라리 내가 그 노래를 불렀다면 좋았을 텐데. 선형의 목소리는 아름답지 않을 뿐만 아니라 지루하고 평범했다. 거슬리지는 않지만 매력이 없었다. 아무리 노력해도 가장 원하는 존재가 될 수 없음을 일찍이 깨달았기에 다른 이의 목소리를 빌리고자 했다.

아직 주인을 찾지 못한 가여운 노래들. 하지만 노래에 한해서는 자비를 베풀어 자유롭게 풀어줄 마음이 눈곱만큼도 없었다. 자기 머릿속에서 나와 자기 귀를 거친, 자신이 오롯이 만들어낸 자식 같은 노래이므로, 알맞은 목소리를 찾아주지 못할 바에는 어디에도 드러나지 않고 영원히 썩어가는 게 맞았다. 이기적이라 해도 상관없었다. 세상에는 다양한 부모가 있기 마련이다. 노래는 썩는다고 시체처럼 악취를 풍기지도 않는다.

일주일이 지났건만 블루러브는 여전히 활발히 활동했다. 〈크루즈 러브〉는 타이틀곡을 제치고 스트리밍 사이트의 실시간 인기곡 1위를 달성했다. 예상했지만 쓸쓸했다. 선형이 조립해 경주의 음색을 입혔다면 이 정도로 흥행하지 못했을 것이다. 내가 쓸데없는 고집을 부리는 걸까? 그러나 곧 마음을 다잡았다. 겨우 고집과 열등감에 불과해도 노래가 선형이 가진 유일한 심장이라면 지켜내고 싶었다. 작곡가가 요구를 들어주지 않으니 남은 방법은 하나였다. 글을 올리고 감정에 호소해 여론전을 벌이는 수밖에 없었다. 간만에 밴드 공식 계정에 로그인했다. 밴드 멤버 모두가 계정을 공유했지만 선형 혼자 관리했다. 마지막 게시물을 올린 지 1년도 더 지났는데 어째서인지 팔로워가 세 배 가까이 늘었다. 맨 상단 게시물은 처참한 성적으로 끝난 마지막 공연의 후기 글이었는데, 100개가 넘는 댓글이 달렸다. '더 보기'를 눌러 상단 댓글 몇 개를 확인했다. 감성적이고 독특한 노래를 하는 밴드를 왜 이제 알았는지 모르겠다며 앞으로의 행보를 응원한다는 내용이 주를 이뤘다. 영문을 모른 채 계정을 뒤적거렸다. 뒤늦게 밴드 계정이 태그된 타 계정의 게시물을 발견했다.

작곡가의 공식 계정이었다.

인터뷰 기사 하나가 올라와 있었다. 사진에는 익숙한 두 얼굴이 함께 있었다. 준과 경주였다. 그들은 오래 알고 지낸 사이처럼 친근한 미소로 렌즈를 응시했다. 원래 어지간히 생긴 경주는 전문가의 메이크업을 받아 싱그럽게 빛났다. 선형은 게시물에 태그된 링크를 타고 들어가 기사를 읽었다.

이제 엄청난 성공을 거둔 〈크루즈 러브〉의 작곡 비하인드를 이야기해볼까요?

—사실, 타이틀곡을 뽑은 후에 큰 슬럼프가 왔습니다. 타이틀곡과 대비되면서도 시원하고 청량한 무드는 잃지 않는 차분한 노래를 구상했는데, 머릿속이 꽉 막혀서 아무것도 떠오르지 않더라고요. 헛발질만 계속하던 중에 지인 소개로 '인디고 웨이브'라는 밴드를 알게 되었습니다. 노래를 듣는 순간 딱 이거다 싶었죠. 곧장 연락해 함께 곡 작업을 시작했습니다. 〈크루즈 러브〉의 아련한 후렴도 이 친구의 영향을 많이 받았죠. 〈크루즈 러브〉가 큰 사랑을 받아 기쁩니다.

경주의 인터뷰가 이어졌다. 열정 하나로 밴드를

시작했지만 작업 환경이 열악해 활동을 지속하기 쉽지 않았다는 이야기, 밴드는 이미 와해되었지만 음악에 대한 열의와 애정은 그대로라는 말, 각자 다른 길을 가기로 마음먹은 찰나 작곡가님의 도움으로 소중한 한 곡이나마 남기고 떠날 수 있어 기쁘다는 감상. 기가 찼다. 인터뷰어가 물었다.

지금이라도 밴드를 되살릴 생각은 없으신가요?
— 저는 아직 젊으니 다른 가능성을 좇고 싶어요. 물론 틈틈이 노래도 계속하려고 합니다. 삶에 제한을 두기는 싫어요.

인터뷰는 가벼운 사담으로 막을 내렸다.

— 밴드 활동을 함께한 친구 모두 부지런하고 열정적이에요. 타이밍은 맞지 않았지만 이 자리를 빌려 고마움을 꼭 전하고 싶어요. 뜻밖의 기회로 작업에 참여한 노래가 생각보다 잘되는 바람에 의견 충돌도 좀 있었습니다. 작곡하는 친구가 한 명 더 있거든요. 이번에도 물론 함께했고요. 문득 이 노래를 우리가 불렀으면

어땠을까 욕심이 나긴 하더라고요. 사람이 큰 성공 앞
에서 마음이 흔들리는 건 어쩔 수 없잖아요. 하지만 조
율을 잘 마쳐 뒤늦게나마 같이 이름을 올리고 인터뷰하
게 되었습니다. 당황스러우셨을 텐데 작곡가님이 많이
배려해주셨어요. 여러모로 감사합니다. 동주랑 에디 그
리고 선형이 모두 사랑한다. 화이팅!

○

블루러브는 1년 동안 두 번 컴백했고 모든 타이틀
곡이 인기 순위에 들었다. 작곡가는 일상 관찰형 예능
에서 독특한 캐릭터를 보여줘 광고를 많이 찍었다. 그
해에는 텔레비전, 영화관 스크린, 빌딩 전광판, 심지
어 인터넷 강의 사이트의 틈새 광고 칸에도 준이 나
왔다.

그는 직접 데뷔시킨 아이돌을 한없이 자비롭게 대
하다가도 서바이벌 오디션 프로그램에서는 엄격한
스승이 되었다. 브이로그를 통해 학원에서 야근하고
작업실에서 잠드는 일상을 보여줬다. 시청자는 유명
인의 그런 모습을 좋아했다. 가벼우면서 진중하고 허

당인 듯 엄격하며 일상에서는 유머러스한데 일에 있어서는 예민한. 세상에 완벽한 사람은 없다는 말을 잠시라도 잊게 해주는 환상을 사랑했다.

선형도 보고만 있지는 않았다. 연예부 기자에게 준의 실체를 제보하고 커뮤니티 게시판에 글을 쓰기도 했지만 믿고 안 믿고를 떠나 화제조차 되지 못했다. 논란을 일으키려면 사람들의 관심을 끌어내는 게 중요했다. 준의 이미지처럼 적당한 타이밍을 노려 흐름을 타야 했다. 노래를 흥행시키는 것만큼이나 감과 운이 필요했다. 준은 간혹 주간지 발 사생활 논란과 불법 약물 소지에 관한 소문에 휘말렸지만, 진실로 밝혀진 건 없어 계속 잘나갔다. 지금까지 잘나갔으니 앞으로도 잘나갈 것이다.

선형은 자신의 과오와 배신에서 벗어나고 싶었다. 다행히 당장 시험 합격이라는 목표가 있었다. 사방이 막힌 고시원과 정해진 분량을 끝내기 전까지 자물쇠를 열어주지 않는 관리형 자습실은 세상의 모든 노래로부터 선형을 지켜주었다. 아이러니하게도 배신과 상처가 그를 헛된 꿈에서 건져 올린 셈이다. 귀가 점점 무감해졌다. 선조에게 물려받은 집요함은 강렬한 배신의 맛을 머금고서 허무하게 고장 났다. 멜로디에서 유리된 선형은 검붉은 피를 울컥 토해내는 환부를 방치했다. 상처는 시간이 흘러 저절로 아물었을까? 곪을 대로 곪아 아무것도 감각하지 못하게 되어버렸을까? 후자라면 언제 갑자기 팔다리를 잘라내야 할지 모른다. 어쩌면 심장까지도.

　필기시험 합격 후 난생처음 주변의 인정에서 오는 공허한 편안함을 맛보았다. 꽤 만족스러웠다. 더는 부족한 게 없었다. 안정적인 미래와 삼촌이 남긴 낡고 비싼 건물 그리고…… 피니가 있었다. 낯설고 아름다운 생명체가 바짝 말라 죽어가는 고막에 소생술을 했다. 하늘하늘한 지느러미로 소리의 감각을 일깨워 집요함을 되살렸다. 지금껏 한 번도 들어보지 못한 아름다운 목소리로 노래했다. 그를 보면 기분 좋게 물장구쳤고 그가 떠나려 하면 처연한 낯으로 구슬프게 울었다.

　선형은 노래뿐만 아니라 피니가 내는 모든 소리가 좋았다. 웃음소리, 울음소리, 숨소리가 전부 좋았다. 그것이 사라진 미래를 상상할 수 없을 만큼. 피니의 노래를 위해서라면 삼촌처럼 귀와 손가락 정도야 얼마든지 내줄 수 있었다.

이제 경주는 아무것도 아니었다. 배신자에 불과했다. 그가 아직도 사실을 모르는 것 같아 우스웠다. 술자리에 요란하게 등장해서는 여전히 세상의 주인공인 양 행세했다. 친구들은 하루치 술값을 위해 그를 찬양했다. 선형도 그의 선심을 거절하지 않았다. 막걸리와 소주를 번갈아 마셨더니 금세 취기가 올랐다. 내일은 숙취에 시달릴 것이다.

술집에서는 스트리밍 사이트의 인기 100곡이 흘러나왔다. 블루러브의 신곡도 있었다. 예전과 달리 준이 작곡에 직접 참여하지 않고 여러 해외 작곡가의 음원을 사 왔다. 대중의 반응은 둘로 갈렸다. 새롭다 혹은 분위기가 달라져 실망이다. 선형은 불쑥 피니가 부르는 〈크루즈 러브〉가 듣고 싶어졌다. 아니, 〈산호초〉가 듣고 싶었다. 역시 괜히 왔다. 언제쯤 자리를 뜨는 게 좋을지 눈치를 보는데 경주가 물었다.

"유선형, 서울에 있으면서 왜 연락을 안 받냐? 우리 이제 볼 날 얼마 남지도 않았는데."

"바빴어. 삼촌이 돌아가셔서 짐 정리도 해야 했고."

사방에서 공허한 농담을 던져댔지만 둘 사이의 공기는 차갑기만 했다. 드럼을 연주한 멤버가 물었다.

"이경주, 이런 거 물어봐도 되나? 너 저작권료로 얼마나 벌었어?"

"야, 맞아, 선형이랑 같이했지? 노래는 거의 선형이가 만들었는데 인터뷰는 너만 했더라."

경주는 오묘한 미소를 띤 채 답하지 않았다. 당시에는 깊게 생각할수록 고통스러워 일부러 회피했으나 궁금하긴 했다. 그가 갑자기 작곡가 편에 선 이유. 한편으로는 이제 와서 내막을 알면 뭐 하나 싶기도 했다. 선형은 그에게 대뜸 손을 뻗어 대화를 끊었다. 경주가 빙글거리며 선형을 마주 봤다.

"나 그거 줘. 목걸이."

"왜? 네가 준 거잖아."

경주의 검은 셔츠 옷깃 사이로 엄지손톱만 한 목걸이가 반짝였다. 밴드 활동 초기, 작업실을 얻으러 돌아다니다가 충동적으로 들른 피어싱 가게에서 샀다. 당시에 유행한 고래 꼬리 모양인데, 생활비가 부족해 선형이 경주에게 선물한 꼴이 되었다. 같이 활동할 때는 디자인이 촌스럽다고 잘 차고 다니지 않더니 갑작스레 목에 걸고 나타났다. 잊고 있었는데 눈앞에 보이자 돌려받아야겠다는 생각이 들었다. 오늘 만남

의 목적은 작별이었으므로 그에게 자신을 떠올리게
하는 무엇도 남지 않았으면 했다.

"다시 보니까 가지고 싶어졌어. 줘."

경주가 웃음을 터뜨렸다.

"줬다 뺏는 게 어딨냐? 싫어."

"그래?"

선형은 경주를 물끄러미 쳐다봤다. 그가 장난스럽
게 미소 지었다. 한때는 저 미소를 목소리 다음으로
사랑했다.

"그럼 어쩔 수 없지. 나 먼저 간다."

술집을 나왔다. 돌려주지 않겠다면 굳이 대거리할
마음은 없었다. 목걸이가 지니는 맹세와 증표의 의미
는 퇴색된 지 오래였다.

갑작스러운 퇴장에 일행이 수군거렸으나, 왜 그러
냐고 입을 뻐끔거리기만 할 뿐 아무도 선형을 붙잡진
않았다. 생각해보면 처음부터 그랬다. 모든 자리는 경
주가 나서야 시작되었고 그가 일어나야 끝났다. 밴드
역시 그랬다. 종각 골목을 걸으며 그에게 어떤 미련도
남지 않았음을 깨달았다. 피니 덕분이다. 피니가 아니
었다면 오늘 큰 실수를 했을지도 모른다. 오랜만에 만

난 그를 붙잡고 예전으로 돌아가자고, 배신 따위는 잊어줄 테니 다시 노래를 불러달라며 애원했을지도 모른다. 하지만 지금 고막에 자리 잡은 건 오로지 피니의 달콤한 허밍뿐이었다. 간만에 들은 경주의 목소리는 여전히 매력적이었으나 담배를 얼마나 피워댔는지 한층 텁텁해져 예전만 못했다.

술집 골목에서 막 빠져나왔을 때였다. 술을 섞어 마신 후유증이 밀려와 욕지기가 치밀었다. 전봇대 옆에 토했다. 하여간 곡물주는 뒷맛이 좋지 않다. 토사물이 한꺼번에 쏟아지질 않고 계속 가슴팍에 걸렸다. 누군가 다가와 다정한 손길로 부드럽게 등을 쓸었다. 괜찮아? 적당히 좀 먹지, 하고 중얼거리는 황홀한 목소리. 선형은 지금 소화되지 못한 어느 새벽의 기억, 자질구레한 감정의 잔여물을 토해낸다고 느꼈다. 배 속이 완전히 텅 빌 정도로 토한 뒤 돌아보았더니 경주가 서 있었다.

"왜 그렇게 가? 우리가 그래도 함께한 시간이 있는데."

그가 몸을 붙여오자 선형은 한 발 물러섰다. 가로등 밑이라 그의 표정이 부담스러울 만큼 선명히 보였다. 그는 선형을 똑바로 바라보았다. 흡사 사랑에 빠진 것처럼, 어쩌면 미워하는 것처럼.

"나 곧 떠나잖아. 미안하다는 말을 못 한 거 같아서 따라왔어."

"이제 와서?"

"진즉 하고 싶었어. 네가 계속 연락을 피했잖아."

"사과하면 뭐가 달라져? 네 마음만 편해질 뿐이지."

경주가 시선을 떨어뜨렸다. 선형은 그제야 숨을 내쉬었다.

"그래도, 네가 뭐라고 하더라도 사과해야 한다는 생각에는 변함없어. 받아들이거나 받아들이지 않는 건 네 맘이야."

"할 말 다 했으면 가. 난 네가 원하는 대답은 못 해 줄 것 같으니까. 진짜 미안하면 떠나서 더는 눈앞에 나타나지 마. 돌아오지도 마."

"넌 진짜 왜 그렇게 매정하냐."

"내가 매정하다고?"

하, 더는 대꾸할 가치가 없었다. 입가에 묻은 토사물을 문질러 닦았다. 빠르게 멀어지는 그의 어깨를 경주가 달려와 붙잡았다. 선형은 신경질적으로 손을 쳐

냈다. 경주가 "아, 좀!" 소리를 질렀다. 주변 취객들이 그들을 곁눈질했다. 선형은 한때 사랑했던 목소리가 이렇게 추하다니 충격을 받았다. 경주가 붉어진 얼굴로 선형을 노려보았다. 선형은 그 표정의 의미를 이해할 수 없었다. 충혈된 두 눈은 한 시절을 그리워하는 듯했으며 고통으로 일그러져 있었다. 그는 도대체 무엇이 괴로울까? 순수한 궁금증이었다. 그 자리에서 순순히 경주가 건네는 물건을 받은 이유였다.

"이거 돌려줄게. 대신⋯⋯."

목걸이였다. 선형은 다음 말을 기다렸다.

"작곡 파일 있으면 좀 주라. 어차피 이제 안 쓸 거잖아."

여전히 그의 말을 이해할 수 없었다.

○

앉아서 차분히 이야기하고 싶었지만 늦은 시간이라 갈 수 있는 카페가 없었다. 경주가 원하는 노래가 있는 자취방에는 데려가고 싶지 않았다. 그들은 한참 동안 말없이 청계천을 따라 걸었다. 술자리가 종각에 있어서 걷다 보니 삼촌의 수족관 근처에 닿았다. 문득 피니를 너무 오래 혼자 두었다는 생각이 머리를 스쳤다.

마침 경주가 삼촌의 짐 정리를 왜 네가 하냐 묻길래 유산으로 받은 가게에 대해서 말했다. 그는 궁금해하는 눈치였다. 가보겠냐고 떠보자 선뜻 고개를 끄덕였다. 어차피 두 문을 거치지 않는 이상 피니의 존재를 들킬 염려는 없었다. 2층에서 대화하면 괜찮을 것 같았다. 방향을 바꿔 어두운 골목으로 향했다. 수족관으로 가는 길은 좁고 지저분했다. 근방이 온통 폐건물이라 경주는 겁을 먹은 것 같았다. 굳은 얼굴에 식은땀이 송골송골 맺혔다. 그 모습이 통쾌해 몰래 웃었다.

"여기가 삼촌네 가게였다고? 뭐 이런 곳에 가게가 다 있냐."

어느덧 자정에 가까운 시간이었다. 피니에게 먼저 밥을 주고 나오는 게 나을까? 문을 열고 들어간 순간부터 계속 소리가 들리는 것 같았다. 공간에도 코와 귀가 있다면, 이 건물은 물비린내로 푹 젖은 공기를 들이마시고 피니의 노랫소리를 들었을 것이다. 공포영화처럼 벽이 그 냄새와 노래를 재현한다 해도 이상할 것 없었다. 경주는 신기하다는 표정으로 가게 안

을 두리번거렸다. 적당히 대화하고 그를 빨리 돌려보
내는 게 최선일 테다. 선형이 물었다.

"아까 한 말 무슨 뜻이야."

"말 그대로야. 만들다 만 노래 데모 파일이나 악보
있으면 좀 넘겨줘. 너 이제 진짜 이 바닥 뜬다며. 관심
없다며."

"어디다 쓰게? 너도 밴드 관뒀잖아."

"그냥, 뭐. 아깝잖아. 난 이제 요리 배울 거지만 노
래가 부르고 싶을 수도 있지. 어차피 묵힌다면 내가
계속 손 좀 봐보려고. 네 노래 좋아했어. 지금까지 너
만큼 말이 잘 통한 사람도 없고. 그러니까 돈도 안 되
는 밴드 계속했지. 진심이야. 아까워서 그래."

"그럼, 그때는 왜 그랬어?"

그의 표정이 굳었다. 선형은 다시 물었다.

"왜 그런 인터뷰를 했냐고. 널 위해서 만들었지만
내 노래였잖아. 물론 네가 도와주긴 했지. 기여도로
따지면 10퍼센트 정도? 많이 쳐도 15퍼센트? 아무리
생각해도 이해가 안 돼. 돈 때문은 아니겠지. 너 돈 썩
어나게 많으니까. 어차피 다 그만두는데 유명해지고
싶었어? 날 배신할 만큼? 이후에 딱히 음악인이나 셀

럽으로 활동하지도 않았잖아."

경주의 눈빛이 한기를 띠었다. 선형은 가소로웠다. 그가 내뱉은 모든 말과 표정이 전부 기만으로 다가왔다. 아니, 그는 실제로 선형을 기만했다. 기만한다는 자각도 없이.

"그땐…… 그게 맞다고 생각했어."

"더 자세히 답해봐. 납득할 수 있게."

"넌 나랑 다르잖아. 계속 꿈이나 좇을 처지가 아니란 거, 나도 알고 있었거든."

"내가 음악을 그만두도록 일부러 그런 짓을 했다고? 내 노래를 표절한 작곡가 편을 들면서?"

"결과적으로 잘된 거 아냐? 시험 공부에 집중해서 합격했으니까. 너는 환상에서 빠져나올 계기가 필요했어. 이 바닥에서 정을 뗄 계기. 공동 작곡으로 이름 올리고 끝내는 게 최선이라는 걸 알면서도 고집 때문에 그러지 않았잖아. 아마 시험은 고사하고 지금까지 자질구레한 싸움을 계속했을걸? 변호사 고용에 돈이 얼마나 많이 드는 줄 알아? 시간은 시간대로 버리고 자존심 싸움에 네 전부를 베팅했겠지. 내가 안 그랬으면 넌 평생 허황된 꿈만 좇다 모든 걸 잃었을 거야. 난

한 시절을 같이 보낸 친구가 인생을 낭비하는 걸 보
고만 있을 수 없었어."

"무슨 주제로 네가 끼어들어? 게다가 그런 최악의
방법으로? 그럼 우리가 보낸 시간도 낭비야? 그렇게
생각해?"

경주가 마른세수하며 답했다.

"분명 즐거운 시간이었지만…… 네 입장에서 결
과를 빼고 보면 그렇지."

"하, 너는? 너는 나랑 다르고?"

"알잖아. 너랑 나의 차이는 기회의 유무야. 다시
시작할 수 있느냐 없느냐. 세상 일이란 게 그렇잖아.
너도 이제 알 만한 나이고."

선형은 입을 다물었다. 목소리를 잃어버린 듯 아
무 말도 할 수 없었다. 한때는 세상의 모든 노래를 네
목소리로만 듣고 싶다고 생각했어. 그럴 수 있다면 내
귀도 팔다리도 바칠 수 있었어. 그런데 넌 내 마음도,
유일하게 반짝이던 기억마저도 보잘것없게 만들어버
리는구나. 그에게 어떤 말도 건네기 싫었다. 한순간에
모든 의욕이 사라졌다. 층계를 내려갔다. 경주가 떨떠
름하게 따라왔다. 문을 열고 나가달라고 말했다. 그는

가로등 하나 없이 까만 골목과 선형을 번갈아 보더니
물었다.

"노래는?"

"오래전에 다 삭제해서 줄 건 없어. 장비 전부 태
울 거야."

"미쳤어? 거짓말이지?"

"너랑 더 대화할 생각 없으니까 꺼지라고."

경주가 섬뜩한 눈빛으로 다가왔다. 길쭉한 손으로
금방이라도 목을 조를 듯했다. 선형은 다시 말했다.
과거에 쏟아내지 못한 분노를 전부 담아. 남은 악의와
슬픔을 샅샅이 끌어모아서.

"1년 전에 너한테 화내지 않고 도망친 건 우리 추
억을 살려두고 싶었기 때문이야. 권리 싸움이고 뭐고
난 그냥…… 뭔가를 더 잃기 싫었거든. 그게 내가 지
금 아무렇지도 않다는 뜻은 아니잖아? 작곡가한테 무
슨 대가를 받았는지는 모르겠는데, 넌 전처럼 반짝이
지도 마냥 젊지도 않아. 널 빛내주는 건 나와 내 노래
였어. 난 널 사랑하다 못해 숭배했어. 네 목소리로 구
현될 노래를 상상하면서 작업했으니까 진심으로 내
노래를 원하면 주고 싶기도 했어. 그 노래들은 이제

아무런 의미가 없거든. 하지만 지금 너는 추하기만 해. 내 마음을 담은 조각을 가지기엔 너무 하찮아. 너에게 넘길 바엔 재로 만들어버리는 게 나아. 전부 태울 거야. 그편이 나에게도 좋겠지. 막말로, 어떻게 알겠어? 내 노래를 네가 또 어떻게 팔아먹을지. 더는 아름답지 않은 목소리로 거짓말을 입에 담으면서."

할 말을 다 쏟아냈더니 숨이 거칠어졌다. 선형은 자신이 울고 있음을 깨달았다. 경주는 불쾌한 표정으로 짧게 말했다.

"퍽이나 대단한 음악 한다고. 유난 떨지 마."

그때였다. 발밑에서 무언가 무너지는 소리가 났다. 땅이 울리는 진동이 가시자 갑자기 확 심해진 물비린내가 코를 들쑤셨다. 경주가 코를 틀어막으며 중얼거렸다. "이게 무슨 냄새야?" 고래가 퍼덕이는 듯한 마찰음이 이어졌다. 낡은 바닥이 잘게 떨렸다. 어항이 깨졌나? 피니가 몸부림이라도 치는 걸까? 신경이 단번에 지하실로 집중되었다. 경주도 마찬가지였다. 현관 앞에서 아무리 등을 밀어도 그는 떠나지 않았다. 목적을 달성하기 전에는 그럴 생각이 없어 보였다. 이렇게까지 집요하게 노래를 원하는 이유를 알 수 없었다. 고작 취미 삼아 음악을 만들려고, 추억을 손에 넣으려고 고집스레 군다고? 문득 불길한 추측이 의식의 밑바닥에서 손을 흔들었다. 찰박거림이 거세 졌다. 경주가 지하실로 통하는 문을 바라보며 물었다.

"저 아래서 나는 소리 아니야?"

문을 열어둔 게 실수였다. 선형은 다짜고짜 지하실로 가려는 그를 막아섰다.

"물탱크 문제 같아. 고쳐야 하니까 제발 가라. 신고하기 전에."

"같이 내려가보자. 위험할 수도 있잖아."

왜 이렇게 끈질길까? 선형은 수년을 동고동락했건만 알지 못한 그의 새로운 단면을 발견했다. 매끄러운 외피 속에 감춰진 고름. 그에게 절대 피니를 들켜선 안 됐다. 확실한 건 그뿐이었다. 선형은 한숨을 내쉬었다.

"이 밑은 수족관 폐기물 보관 창고야. 하수처리장에도 연결되어 있고. 같이 들어가고 싶으면 가. 단, 죽은 물고기랑 곰팡이 냄새 몸에 밸 각오는 하고."

원체 비위가 약한 경주였다. 물컹거리고 미끌미끌한 식감이 싫어 두껍게 썬 회도 먹지 못한다. 그는 예

상대로 멈칫했다. 선형은 지하실로 향하며 두 번째 문
의 안쪽 잠금장치를 떠올렸다. 안에서 잠그면 경주가
멋대로 열어보지는 못할 것이다. 그는 가게를 나서지
않았지만 지하실로 따라 내려오지도 않았다.

　"거기서 죽치고 기다리든가 가든가 알아서 해. 난
더 할 이야기 없으니까."

　이만하면 가겠지 싶었다. 경주가 대꾸하려다 휴대
폰을 확인하더니 입을 다물었다. 선형은 빠르게 지하
로 내려갔다. 짙은 물 냄새가 오감을 뒤덮었다. 딱 한
명이 들어갈 만큼만 문을 열어 들어간 뒤 재빠르게
잠갔다. 안도하며 내부를 확인했다. 피니의 어항이 엎
어져 있었다. 바닥에 부딪힌 충격으로 두꺼운 유리가
큼지막하게 조각났다. 어마어마한 물이 지하실에 고
여 찰랑였다. 오래 방치된 늪 같았다.

　발끝에 두툼한 유리 가루가 차였다. 좀 전에 들린
괴성과 물소리의 결과였다. 저 무거운 게 어떻게 넘어
졌을까? 다른 의문이 꼬리를 물기 전에 피니가 보이
지 않는다는 사실을 깨달았다. 계단으로 내려오는 소
리만 들려도 노래를 흥얼거리던 피니였다. 대신 낯설
고 불쾌한 소리가 고막을 간질였다. 그것은 아마……

먹는 소리. 뜯고 씹는 소리. 맹수가 살점을 맛보듯이. 선형은 소리의 진원지로 향했다.

"피니?"

넘어진 수조 너머로 익숙한 형체가 보였다. 겨우 몇 발자국을 움직이며 위화감을 느꼈다. 아직 장 사장이 수거하지 않은 작은 수조 안의 생물들이 하나같이 웅크린 채 죽은 듯 굳어 있었다. 몇 개는 아예 텅 비어 있었다. 내장 모양 물고기와 눈이 아흔아홉 개 달린 불가사리가 자취를 감추었다. 피니는 꼬리를 뒤로 보낸 채 몸을 한껏 앞으로 숙이고 있었다. 선형은 조심스레 피니를 다시 불렀다.

"피니?"

찰나, 소리가 그쳤다.

"흐아."

고개를 돌린 피니가 평소와 다름없이 아름다운 얼굴을 구겨 웃었다. 오팔빛의 부드러운 입술 안쪽, 뾰족한 이빨 틈에 붉은 실 같은 살점이 끼여 너덜거렸다. 피니의 얼굴은 정체불명의 검붉은 점액으로 뒤덮였다. 양손에는 갈기갈기 뜯겨 본래 모습을 찾을 수 없는 살덩어리가 들려 있었다. 한 입 베어 문 젤리 같은 거대한 눈알이 데구르르 바닥을 굴렀다. 그를 발견한 피니의 눈에 생기가 돌았다. 노트에서 읽은 구절이 머릿속에 스쳤다.

장마철이 되면 식성이 변함. 다룰 때 주의.

그리고 글귀들. 삼촌의 필체로 남은 주문. '피니의 노래를 듣고 싶다. 성대를 돌려줄 것이다.' '피니가 새끼손가락을 먹었다. 내가 준 것이나 마찬가지다.' 사라진 새끼손가락. 그다음은? 장마철은 해마다 돌아오고 돌아오고…… 돌아온다. 오늘은 7월 18일. 기상청에서 호우주의보를 발표했다. 내일부터 비가 많이 올 것이다.

끔찍할 만큼 무구한 피니의 표정을 보자 우습게도 삼촌의 귀를 덮은 거즈와 잘린 단면이 떠올랐다. 귀를 내주면서까지 목소리를 돌려주려는 마음이란 뭘까?

사실 안다. 어른들은 자주 말했다. 넌 신기할 만큼 민영이와 닮았어.

선형을 발견해 기분이 좋아진 피니가 허밍을 시작

했다. 선형은 달콤한 멜로디를 계속 듣고 싶었지만 밖에는 아직 경주가 있었다. 바닥을 기어 다가온 피니를 마주 봤다. 피니가 더러워진 얼굴을 다리에 마구 비비려 해서 막았더니 서운해하며 노래를 멈추고 송곳니를 드러냈다. 점액이 묻은 이빨 너머로 검붉은 구멍이 보였다. 달콤한 노래가 끊임없이 만들어지는 신성한 동굴과 혀의 단면.

잘린 혀가 자의를 가진 생물처럼 너울거렸다. 혀가 좀 자란 거 같은데 착각인가?

입속을 보여주기 싫은 듯 피니가 입을 굳게 다물고는 노래 없이 선형을 응시했다. 간만의 침묵. 늪을 뒤덮은 녹조를 닮은 초록색 눈동자였다. 평소보다 밝아 섬뜩한 광기를 띠었다. 빨려 들어갈 듯한 시선을 피해 엉망이 된 지하실 전경을 바라보았다. 이 상황을 혼자 수습하기엔 무리다 싶었다. 장 사장 명함을 어디에 두었더라? 아, 노트에 끼워둔 기억이 났다. 휴대폰에도 기록이 남아 있을 터였다. 주머니를 뒤졌으나 텅 비어 있었다. 휴대폰은 2층 테이블에 두었다는 사실이 떠올랐다. 일단은 올라가야 했다. 피니를 부드럽게 달래 대야로 옮겼다. 물을 채우고 해수염을 풀어 염도를 맞춰주었다. 피니가 다시 허밍을 시작하자 이 모든 소란과 괴이한 행동을 전부 이해할 수 있을 것 같았다.

"잠깐만 기다려 피니. 곧 내려올 테니까 조용히 있어. 알겠지?"

지하실을 잠그고 계단을 올라갔다. 경주는 돌아갔을까? 지하실에 얼마나 있었는지 몰랐다. 피니와 있으면 시간 감각이 사라졌다. 1분과 하루를, 심지어 10년을 구별할 수 없게 된다. 선형은 계단에서 수십 년이 흘러 낯설게 변한 바깥을 상상했다.

여전히 황량한 1층과 활짝 열린 현관문이 그를 반겼다. 다행히 경주는 보이지 않았다. 가게 문을 닫으려고 바깥과 가까워질수록 드문드문 말소리가 들렸다. 본능적으로 발소리를 줄이고 소음에 집중했다. 누군가와 통화하는 목소리였다.

"쉽게 넘겨줄 것 같지 않아요. 같이 쓰던 클라우드 계정이 있긴 한데…… 워낙 오래돼서요. 다 지웠다고도 하고. 어쨌든 할 수 있는 데까지 해보고 다시 연락하겠습니다."

"누구야?"

경주가 놀라 휴대폰을 떨어뜨렸다. 한 달 전에 바

꿨다던 최신 기종 아이폰이 바닥에 두어 번 튕겼다. 선형은 화면에 있는 작곡가 이름에 모욕을 느꼈다. 통화는 곧 끊겼다. 휴대폰을 주워 통화 기록과 메시지를 확인했다. 두어 달 전부터 두 사람은 꾸준히 연락하고 있었다. 선형의 노래 때문이었다. 메세지 내용이 가관이었다. 그는 참담한 목소리로 물었다.

"이유나 제대로 알자."

경주가 휴대폰을 낚아챘다. 이제는 숨기는 게 의미 없다 여겼는지 사실을 털어놓았다.

"돈을 준다고 했어. 네 노래를 더 가져오면."

고작?

"너 돈 많잖아. 미국으로 돌아간다며."

"맞아. 그래서 필요한 거야."

이해가 되지 않았다. 경주는 짜증스럽게 외쳤다.

"아빠가 이번 유학 비용만 마지막으로 지원해준댔어. 밑 빠진 독에 물 붓는 짓은 그만하겠대. 씨발, 내가 구멍 난 항아리라는 거잖아? 포트폴리오 대리 맡겨서 간신히 합격했는데, 입학하려면 신원보증금이 필요하다고 했어. 그런데 아빠가 준 돈을 다 써버려서 이제 비행깃값도 없어. 저작권료? 그걸로는 한참 부족하지.

그때 그 사람이 다시 연락한 거야. 네 노래가 필요하 댔어. 슬럼프래. 아무것도 못 만들겠대."

그는 숨을 고르고서 덧붙였다.

"내 밑바닥을 보니까 이제 후련해?"

선형은 답했다.

"아니, 후련하지 않아. 아무런 감상도 없어. 네 목소리가 너에게 과분했다는 생각은 든다."

경주가 얼굴을 일그러뜨렸다. 선형은 돌아섰다. 문을 닫으려는 찰나 그가 발을 끼워 막더니 문틈을 벌렸다. 있는 힘껏 문을 밀었지만 역부족이었다. 도리어 문에 밀려 넘어졌다. 그가 가게에 들어섰다. 선형이 애써 정리해놓은 공간을 미친 사람처럼 헤집었다. 수거를 기다리는 상자를 뒤엎고 낡은 어항을 발로 깨며 난동을 피웠다. 몇 날 며칠 공들인 것이 순식간에 무너졌다. 그는 1층에서 아무것도 찾지 못하자 2층으로 올라갔다. 선형은 왠지 가벼워진 기분으로 널브러진 채 현관 유리문 너머를 응시했다.

툭, 투둑. 습기가 심하다 싶더니 빗방울이 떨어졌다. 2층 어딘가 떨어져 있을 휴대폰에서 장마철 호우주의보 알람이 울렸다. 이 건물은 무슨 소리든 잘 울렸다. 간헐적인 빗소리가 금세 낡은 건물을 뒤덮었다. 장마는 매년 길어졌다. 비는 굵고 짧게 자주 내렸다. 기생충을 닮은 물줄기가 유리문에 수놓아졌다. 징그럽게도 줄줄 흘러내렸다. 눈을 감았다.

쾅!

등 밑에서 진동이 느껴졌다. 피니가 쇠문을 치는 소리였다.

쾅!

모로 누워 나무 바닥에 귀를 댔다. 허밍이 들렸다. 당장 혀를 잘라 붙여주고 싶을 정도로 감미로웠다. 이 아름다운 노래를 너는 듣지 못하나? 빈손으로 층계를 내려오는 경주를 쳐다봤다. 그에게 노래는 남아 있지 않았다. 선형 앞에 선 그가 무릎을 굽히더니 멱살을 잡아 흔들었다.

"클라우드 계정 비번이 뭐였지?"

선형은 답하지 않았다. 경주가 욕설을 지껄이며

뺨을 갈겼다.

"물었잖아. 뭐냐고?"

이번에도 선형은 답하지 않았다. 경주가 다시 뺨을 갈겼다. 입술이 터져 피가 비쳤다. 그는 손바닥에 묻은 피에 아랑곳하지 않고 세 번째 질문을 던졌다. "너 아직 그 노량진 고시원 살지?" 답이 필요치 않은 질문이었다. 선형의 옷을 뒤져 열쇠를 찾아냈다. 고시원 열쇠가 아닌, 지하실 열쇠였다. 그가 승자처럼 미소 지었다. 선형 역시 웃었다. 정답을 찾았기 때문이다.

선형이 말했다.

"노래들, 지하실에 있어."

"뭐?"

"노트북까지 전부 저 아래에 있어. 내가 말했잖아. 쓰레기 모아놓는 곳이라고. 다 버릴 생각이었거든."

경주가 고개를 돌려 지하실로 이어지는 어둠을 주시했다. 선형은 아무 말도 하지 않았다. 그가 멱살을 놓으며 되물었다. "정말이야?" 선형은 답하지 않았다. 이 침묵은 그를 위한 마지막 배려다. 성큼성큼 지하실 문으로 다가가는 그의 뒷모습을 보며 삼촌이 남긴 문장을 떠올렸다. '장마철이 되면 식성이 변함. 다룰 때

주의.' 경주는 지하실을 지그시 들여다보다 코를 막았다. 선형이야 익숙해져서 괜찮지만, 그는 비위가 약해 비린내를 참기 힘들 것이다. 그런데도 휴대폰 플래시에 의지해 계단을 내려갔다. 그가 발을 내디딜 때마다 빗소리가 거세졌다. 천장을 뚫을 것처럼 내렸다. 지하실의 두 번째 문은 열쇠가 필요 없는 걸쇠로 잠겨 있었다. 문 안쪽에도 바깥쪽에도 걸쇠가 있었다. 선형은 느리게 몸을 일으켰다. 입가의 피를 문질러 닦고서 그를 따라 지하실로 향했다.

얼마 뒤, 선형은 지하실 입구에서 한껏 허리를 숙였다. 철문 앞에 선 경주의 뒷모습이 보였다. 붉게 녹슨 걸쇠에 손을 올리고 망설이더니 마침내 걸쇠를 들어 올렸다. 선형은 마른침을 삼켰다. 묵직한 철문이 벌어져 지독한 비린내가 층계를 덮쳤다. 경주가 욕설을 지껄이며 문을 활짝 열자 이 세상의 것이 아닌 듯 희고 고운 팔이 튀어나왔다. 선형이 조용히 중얼거렸다. "나만의 보석, 나만의 심장." 드문드문 박힌 비늘이 어둠 속에서도 오색으로 반짝였다.

피니가 그의 어깨를 옭아매었다. 다음 순간, 얼굴을 물어뜯었다.

폭죽처럼 터져 흐르는 핏방울.

한발 늦게 비명이 쏟아졌다. 경주의 귀와 입술과
뺨을 맛있게 씹어 삼킨 피니가 배에 올라 본격적으로
식사했다. 선형은 삼촌의 글귀를 곱씹었다. '피니의
노래를 듣고 싶다. 성대를 돌려줄 것이다.' '피니가 새
끼손가락을 먹었다. 내가 준 것이나 마찬가지다.' '장
마철이 되면 식성이 변함. 다룰 때 주의.' 피니의 허밍
과 달리 경주의 비명은 어떤 아름다움도 자아내지 못
했다. 그저 소음일 뿐이었다. 너무 시끄러워서 귀가
아팠다. 지하실 문을 닫았다. 빗소리에 소음이 묻혀
한결 나았다.

그렇게 얼마나 있었는지 모르겠다. 지하실 문틈으
로 발랄한 노래가 흘러나올 때쯤 명함을 찾아 장 사
장에게 전화를 걸었다. 황홀한 음성이 통화 대기음을
비집고 신경을 야금야금 차지했다. 그것은 피비린내
를 머금고 부활한 선형의 꿈이었다. 영원히 떠돌고 싶
은 꿈이었다. 하지만 꿈이란 언젠가 깨어난다는 의미
로 정의되기도 했다.

노래가 멈췄다. 장 사장은 두 번째로 전화하자 그

제야 무슨 일이냐며 응답했다. 수족관에 와달라고 하니 대꾸 없이 전화를 끊었다. 그가 곧 도착할 것이다. 비린내 풍기는 밤이 끝나기 전에, 이 비가 그치기 전에 올 것이다.

빗소리가 온 세상을 감싸 안았다. 가히 소란한 장마였다.

4

시신은 장 사장의 사설 소각장에서 태우기로 했다. 뼛
조각 하나 남지 않을 거랬다. 장 사장은 이런 상황이
벌어지리라 예상한 듯 만반의 준비를 해 왔다. 수상하
기 짝이 없는 검은 비옷에, 사육사용 마취총과 전기
톱, 부처 나이프, 잘 갈린 도끼와 이동식 분쇄기, 특대
사이즈 비닐에 드럼통까지. 선형을 보자마자 그가 건
넨 말이라곤 "팔이나 다리 하나는 뜯겼을 줄 알았는
데"가 전부였다. 꼭 사지 멀쩡한데 왜 불러냈냐는 의
미로 들렸다.

"경찰이나 연예인은 아니지?"

지하실 앞에 선 선형은 고개를 저었다. 품이 배로
들까 봐 물어봤다며 장 사장은 안도의 한숨을 뱉었다.
그가 상체를 숙여 문에 귀를 댔다. 선형도 신경을 곤
두세웠지만 아무 소리도 들리지 않았다.

"잠들었나? 인어는 식곤증에 약해."

식곤증은······ 식후에 오는 거 아닌가. 타인의 목소리로 사실을 확인받으니 기분이 묘했다. 한때 전부이자 꿈이었던 사람이 겨우 먹이가 되었다니. 심호흡한 뒤 문을 열자 견디기 힘든 악취가 코를 강타했다. 비가 내려 한결 심해진 곰팡이 냄새에 역한 비린내가 뒤섞였다. 익숙한 듯 전혀 다른 비릿함이었다. 냄새에도 모양이 있다면 이 악취는 분명 길쭉하고 뾰족한 회칼을 닮았을 것이다. 그들은 악취를 뚫고 아래로 향했다.

장 사장은 인어가 달려들어 개죽음당하기 싫다며 선형을 앞세웠다. 뭐, 도와달라고 부른 건 선형이니 이해 못 할 바는 아니었다. 점점 악취에서 피비린내의 농도가 진해졌다. 곧 경주가 최후를 맞이한 은밀한 제단이 그들을 반겼다.

"요란하게도 먹었다."

장 사장이 중얼거렸다. 요란하다는 표현이 딱 맞았다. 그의 신체가 도축당한 고기처럼 처참히 흩어져 있었다. 미개한 종족이 끔찍한 의식을 벌인 듯 짙은 핏물이 연못을 이루었다. 치밀어 오르는 욕지기를 간신히 참았다. 술을 마시고 모조리 게워낸 게 차라리 다행이었다.

희끄무레한 송이버섯 같은 게 발에 걸렸다. 그의 손이었다. 이제 마이크를 쥘 수 없는 손. 저 구석에는 왼쪽 안면이 벗겨진 머리통이 구르다 만 공처럼 덩그러니 놓여 있었다. 노래를 부를 수 없는 입과 듣지 못하는 귀가 보였다. 역했지만 서글프지도 두렵지도 않았다. 오히려 구석에 덩그러니 놓인 머리는 욕설과 비난을 퍼붓던 순간보다 완전했다.

그 너머에 문이 있었다. 두 번째 문 뒤에 피니의 둥지가 있을 터였다. 그들을 반기듯 문이 섬찟한 소리를 내며 틈을 보였다. 선형은 찰랑이는 피 웅덩이에 발을 내디뎠다. 아주 약간 힘을 주었을 뿐인데 문은 쇳소리를 내며 넓게 벌어졌다. 안으로 들어서자 참혹한 풍경이 그를 반겼다. 목을 꼿꼿이 세우고서 눈을 크게 떴다.

갈비뼈였다. 살아서는 볼 일 없는 섬뜩한 골조.

지하실 정중앙에 놓인 뼈가 믿을 수 없을 만큼 새하얗게 환히 빛났다. 바로 위에 달린 형광등 불빛 때문이겠지만 뼈가 스스로 발광하는 것처럼 보여서 신성하게까지 느껴졌다. 가장 사랑했던 이의 내부가 눈앞에 활짝 펼쳐졌다. 뼈 주위를 수놓은 살점, 몽블랑처럼 다소곳이 쌓인 장기, 녹아내린 초콜릿같이 점도 높은 검붉은 웅덩이. 지옥을 닮은 풍경 한가운데에서 피니가 웃고 있었다.

아주 좋은 꿈을 꾸는 듯 입꼬리가 한껏 올라갔다. 하반신 비늘은 평소보다 선명한 총천연색으로 반짝였다. 누가 보아도 만족스러운 식사를 마친 표정이라 헛웃음이 삐져나왔다. 바닥 곳곳에 묻은 탁한 비늘이 뒤늦게 눈에 띄었다. 피니의 몸에는 오래된 비늘이 떨어지고 새 비늘이 자라나 있었다.

피니는 한결 우아하고 매끄러워 보였다. 피 칠갑이었지만 섬뜩하지도 괴물처럼 느껴지지도 않았다. 정말이지 아름답기만 했다. 노트에 적힌 문구가 선형의 심장에 흘러들었다. '이집트에서 처음 그 소리를 들었을 때' '외이도를 헤엄치는 송사리' '비늘의 수만큼 언제까지나'. 그건 삼촌이 피니에게 바치는 시이자 노래가 되지 못한 가사, 누구에게도 드러내지 못할 고백이 아니었을까?

피니에게 한 발 더 가까이 다가갔다. 아예 무릎을 굽혀 높이를 맞췄다. 만찬으로 볼록해진 복부가 규칙적으로 오르내렸다. 새근거리는 숨소리가 정겨웠다.
푸르스름한 눈꺼풀이 떨렸다. 뇌리엔 단 한 가지 질문
만이 맴돌았다. 지하실에 발을 들인 순간부터 그랬다.

피니의 혀는 자라났을까?

피니에게 손을 뻗었다. 오색 비늘이 반짝이는 어
깨에 가 닿기 직전이었다. 기척을 느끼거나 냄새를 맡
았는지 피니가 살며시 눈을 떴다. 인간이 미처 도달하
지 못한 심해를 담은 눈동자가 선형을 올려다보았다.

"피니."

꼬리지느러미가 더러운 바닥을 쳐 찰박찰박 소리
를 냈다. 그를 알아본 피니가 입을 벌려 웃자 불빛에
하얗게 빛나는 송곳니 너머로 온전한 붉은 혀가 꿈틀
거렸다.

왼쪽 가슴에서 시작된 두근거림이 순식간에 말단
까지 퍼져나갔다. 호흡이 가빠지고 체온이 올라갔다.
이제 피니는 허밍이 아닌 진짜 노래를 부를 수 있어.
내가 만든 노래를 부를 수 있어. 경주의 피와 살이 피
니의 혀로 환생했다. 주인을 잃어버린 노래의 진정한
새 주인이 나타났다.

꺼져가는 담배꽁초 불씨가 메마른 들판에 닿아 산

불이 되듯이, 단번에 몸집을 키운 욕망이 선형을 집어 삼켰다. 무수한 실패와 배신과 추억이 주마등처럼 스쳐 갔다. 삶의 궤적은 전부 이 순간에 도달하기 위한 발판에 불과했다. 결승선에 도달한 마라토너가 된 기분이었다. 보상만이 남았다. 피니가 과오를 지우고 선형의 죽은 노래를 생기롭게 되살려줄 것이다. 감미로운 목소리로 그의 오랜 꿈을 완성할 것이다. 머릿속에 황홀한 멜로디가 피어올랐다. 팔을 벌려 피니를 꽉 껴안았다.

갑자기 경쾌한 발사음이 나면서 피니의 어깨에 주삿바늘이 박혔다.

"염병하네. 비켜."

장 사장이 마취총 총구로 선형과 피니를 갈라놓으며 말했다.

"다 처먹어서 치울 것도 없네. 뭘 멍하니 있어? 빨리 움직여야 빨리 끝낼 거 아냐."

그가 한껏 눈살을 찌푸렸다. 피니는 놀랄 새도 없이 꾸벅꾸벅 졸다 눈을 감았다. 장 사장은 트럭에서 챙겨 온 불투명한 비닐을 펼쳐놓았다. 실리콘 장갑을 낀 채 시체 조각을 손수 주웠다. 이 바닥의 베테랑답

게 태연하고 부지런했다. 그의 손에 들린 붉은 살점이 음식물 쓰레기에 불과해 보였다. 선형은 그때까지도 잠든 피니를 망연히 바라보고만 있었다. 불현듯 중요한 사실을 놓치고 있다는 기분이 들었다. 그는 뒤돌아 장 사장에게 물었다.

"피니를 어떻게 할 거예요?"

"어떻게 하긴. 다시 경매에 내놔야지. 그래서 나 부른 거 아냐?"

예상치 못한 답변이었다. 지하실과 시체 처리에 도움받고자 연락했을 뿐 피니를 어찌할 생각은 없었다. 피니를 데려간다고? 이제 겨우 혀가 돋아났는데? 그 기분은 뭐랄까, 〈크루즈 러브〉를 처음 들었을 때와 비슷했다. 네 자식을 납치하는 게 당연하다는 말을 듣는 것 같았다. 선형이 영문을 모르겠다는 얼굴을 하자, 장 사장은 구불구불한 장기를 봉투에 던져 넣으며 덧붙였다.

"데리고 있겠다는 소리 할 거면 그냥 입 다물어. 네가 감당할 수 있는 범위를 벗어났어. 혀까지 자라났는데 장마철마다 바뀌는 식성을 어떻게 감당하려고? 매번 사람 죽이게? 이 건물도 곧 없어진다며. 수조 둘

곳은 있어?"

"하지만……."

장 사장은 명화처럼 널브러진 피니에게 성큼성큼 다가가 둥근 플라스틱 공을 입에 밀어 넣었다. 입을 막는 기구였다. 쉽게 빼내지 못하도록 공에 달린 줄을 머리 뒤로 당겨 묶기까지 했다. 피니를 함부로 대하는 행동에 화가 치밀었다.

"무슨 짓이에요?"

"혀가 생겼잖아. 노래를 못 부르게 해야지. 인어의 노래를 들으면 미치게 돼."

선형이 장 사장을 노려봤다. 그가 표정을 점차 일그러뜨리며 믿을 수 없다는 듯이 물었다.

"설마 일부러 죽였어? 혀를 만들어주려고?"

선형이 답하지 않자 장 사장은 코웃음 치며 중얼거렸다.

"이미 미쳤네. 단단히 미쳤구나. 너도, 네 삼촌도 전부 제정신이 아니야."

선형은 아랑곳하지 않고 말했다.

"피니는 제 거예요. 데려갈 수 없어요."

"억지 부리지 마. 수족관이 사라지면 이 괴물을 어

디서 어떻게 키울 건데? 혀와 성대가 있는 언어는 훨씬 위험해. 넌 노래에 홀려 잡아먹힐 거야. 네 삼촌처럼."

"삼촌이 어떻게 죽었는데요?"

장 사장의 얼굴이 한층 더 일그러졌다. 대답 대신 그의 손을 쳐내며 말을 돌렸다.

"시끄러워. 먼저 네가 벌인 일이나 수습해. 깔끔하게 치우려면 밤을 새워도 모자라."

선형은 최면에서 깨어난 듯 주변을 둘러보았다. 그의 말이 맞았다. 연쇄살인마의 아지트도 이보다는 덜 끔찍할 것이다. 지하실부터 정리해야 했다. 피니가 조금이나마 편하게 자도록 대야로 옮겨놓은 뒤 장 사장에게 돌아왔다. 그의 지시대로 시체 조각을 비닐 한쪽에 모았다. 경주의 머리와 다리와 내장을 드럼통 안에 처박았다. 피니가 샅샅이 발라 먹고 남은 갈비뼈가 덩그러니 남아 축축한 어둠 속에서 광물처럼 은은히 빛났다.

마지막으로 2층에서 락스와 호스, 청소 도구를 가져와 물청소했다. 시체 수습보다 엉망이 된 지하실을 치우는 데 시간이 더 많이 걸렸다. 둘 사이엔 어떤 대화도 없었다. 심란한 지하실은 전문가인 장 사장과 말

잘 듣는 조수 선형의 노력 덕분에 빠르게 본래 모습을 되찾아갔다. 선형은 장 사장이 하란 대로 락스를 풀고, 밀대를 밀고, 비닐을 밀봉한 뒤 경주의 휴대폰을 주웠다. 지난한 과정 끝에 장 사장이 먼저 침묵을 깼다. 경주의 소지품은 뒤처리 전문 업자에게 넘길 거라고 했다.

"마침 날씨도 도와주고. 운이 좋네."

그가 건네받은 경주의 휴대폰을 보란 듯이 흔들었다. 화면에 호우주의보와 재난 경보 문자가 빼곡했다. 선형의 휴대폰 알람도 연이어 울려댔다. 장마였다. 뉴스에서 이번 장마는 아주 길고 지독할 거랬다. 지하실인데도 살벌한 빗소리가 오롯이 들렸다. 사방의 벽 속 배수관에서 괴물의 울부짖음을 닮은 소음이 울려 퍼졌다.

"술을 마시고 친구 집에 들렀다가 급작스레 불어난 빗물에 휩쓸려 실종. 아마 그런 그림이 될 거야. 마침 이 근방은 재개발 이슈로 손볼 CCTV도 거의 없어. 보호자는 해외에 있고. 좋네."

그는 휴대폰을 소형 지퍼백에 집어넣고는 말을 이었다.

"내가 도와주는 건 이번이 마지막이야. 네 친구 시신은 발견되지 않을 거야. 손을 써뒀으니 경찰이 조사한다 해도 크게 문제 될 건 없어. 애초에 시신 없는 사건을 길게 조사하지도 않겠지만. 자세한 대응법은 나중에 자세히 알려줄게. 그리고 인어는……."

피니의 눈꺼풀이 움찔거렸다.

"아까 말했듯이 내가 수거할 거야. 경매에 내놓으면 새 주인이 나타나겠지."

선형은 자신의 표정이 어떤지 알 수 없었다.

"얘도 음습한 지하실에서 지내는 것보단 새 주인에게 가는 게 나을걸? 인어는 큰돈에 낙찰될 테니, 새 주인은 크고 멋진 수조를 만들어줄 거야. 장마철마다 바뀌는 식성 때문에 걱정하지 않아도 되고. 잘 생각해. 너에게도 얘에게도 그게 나아."

그의 조언은 위로가 되기는커녕, 경주와 작곡가 때문에 이미 한번 이빨을 드러낸 열등감과 소유욕을 자극할 뿐이었다. 장 사장은 선형을, 삼촌을 몰랐다. 집요함의 계보를 몰랐다. 다른 사람의 어항에서 헤엄치며 노래 부르는 피니를 잠깐 상상하기만 해도 배를 난도질당하는 듯 괴롭다는 걸 이해할 수 있을까? 삼촌이 남긴 피니를 완성한 건 자신이니 그의 목소리로 가장 완벽하고 아름다운 노래를 만들기만 하면 되었다. 아직 아무것도 듣지 못했는데 떠나보내야 한다니 받아들일 수 없었다. 장 사장의 말이 하나부터 열까지 다 맞다는 걸 알면서도.

"알아들었으면 이제 네 친구나 옮기자. 드럼통을 트럭 짐칸에 실으면 돼. 그다음엔 소형 수조 속 생물마저 옮기고 마지막으로 인어를 옮길 거야."

장 사장이 일어나 말했다. 선형은 묵묵히 움직였다. 그를 도와 드럼통 뚜껑을 닫고서 청테이프를 둘둘 감아 밀봉했다. 장 사장은 고분고분해진 선형이 자기 말을 충분히 받아들였다고 여겼다. 선형은 그가 피니에게 쏜 마취총을 선반 옆 모서리에 세워두는 것을 보았다. 그것은 곧 청소 도구와 함께 짐칸 안쪽 종이 상자에 놓였다. 마취제는 충분히 남아 있는 것 같았다.

두 사람은 드럼통의 녹슨 손잡이를 나눠 쥐고서 천천히 계단을 올라갔다. 어느덧 새벽 6시, 동틀 무렵이지만 먹구름에 가려진 하늘은 밤처럼 어두웠다. 여전히 빗소리가 거셌다. 청계천 범람과 폭우를 알리는 재난 문자가 계속 왔다. 누군가 물길에 휩쓸린다 해도 이상하지 않을 날씨였다.

그들은 말없이 해야 할 일을 계속했다. 트럭에는 크고 작은 이동용 수조가 설치되어 있었지만 피니에 겐 너무 작았다. 고민 끝에 새 드럼통에 해수를 담아 피니를 넣었다. 하반신이라도 마르지 않도록 조치하는 게 최선이었다. 짐칸 중간쯤에 칙칙한 방수포 커튼을 치고 자질구레한 상자를 쌓자 그 너머의 불길한 것들이 감쪽같이 자취를 감추었다. 그들은 2층 간이 욕실에서 몸에 묻은 피와 오물을 깨끗이 씻어낸 후 차에 올랐다. 선형이 조수석에 멋대로 앉자 장 사장이 황당하다는 표정을 지었다.

"마지막이잖아요. 피니와 최대한 함께 있고 싶어 요."

사실 장 사장이 허락하지 않으면 트럭 앞에 대자로 누워 시위라도 할 생각이었다. 그는 운전대를 쥐고서 잠시 고민하다 다행히 동행을 허락했다.

"꽤 멀어. 벨트 매."

밤사이 수많은 이재민이 발생할 정도로 거셌던 폭우는 점차 잦아들었다. 물줄기가 휩쓸고 지나간 거리는 황폐했으나 달리지 못할 만큼은 아니었다. 출발하기 전, 장 사장이 누군가에게 전화를 걸었다. 출입 기록, CCTV, 선형과 경주가 술을 마신 종각의 술집 이름까지 나오는 걸로 보아 뒤처리 전문가인 듯했다. 간밤에 벌어진 사건이 현실보다는 악몽에 가까워서인지 선형은 무감각하기만 했다. 경주의 목소리를 다시는 들을 수 없는데 이토록 아무렇지도 않다니. 혹여나 경찰에 붙잡혀 피니의 노래를 듣지 못하게 되지는 않을까 불안하긴 했다. 쉽게 설명하기 힘든 불편함도 있었는데, 경주의 죽음이나 자기가 저지른 끔찍한 일에 대한 죄책감보다는 사랑의 비참한 결말이 주는 허망함에 가까웠다. 한낱 감상보다 중요한 건 따로 있었다. 전화를 막 끝낸 장 사장에게 부탁했다. 이 동행의 진짜 목적이었다.

"자취방에 잠시만 들를게요. 가지고 나올 게 있어요. 지금이 아니면 안 돼요."

피니에게 노래를 들려줄 마지막 기회라 포기할 수 없었다. 소각장까지 이동하는 단 몇 시간이라도, 피니가 노래를 듣고 기억해주었으면 했다. 언젠가 다시 만날 수 있다면 노래를 불러주길. 장 사장은 내키지 않아 했지만 결국 승낙했다. 은근히 정에 약했다.

고시원 방에 돌아온 선형은 노트북에 봉인해둔 파일 몇 개를 휴대폰으로 옮겼다. 클라우드에는 올리지 않은 미완성 곡들이었다. 〈산호초〉 데모도 그중 하나였다. 휴대용 블루투스 스피커도 챙겼다. 장 사장의 트럭은 운전석과 짐칸이 분리되어 차내 스피커로는 노래가 닿지 않을 것 같았다. 트럭이 먼저 떠났을까 봐 서둘러 돌아와 벨트를 매자마자 휴대폰과 스피커를 연결했다. 멋대로 노래를 틀자 장 사장이 짜증을 냈지만 아랑곳하지 않았다.

"제가 만든 노래예요. 피니에게 마지막으로 들려주고 싶어요."

방치당한 세월에도 노래는 무사했다. 파일을 재생하자 가장 먼저 경주가 부른 〈산호초〉가 흘러나왔다. 목소리를 잃은 그가 피니의 혀로 다시 태어났다고 생각하니 우스웠다. 좁은 트럭이 금세 물안개 짙은 아침 해변을 닮은 음울한 노래로 가득 찼다. 때로는 깊게 때로는 얕게 너울거리는 멜로디. 마취제로 잠든 피니가 언제 깨어날지는 알 수 없었지만, 어쩌면 소각장에 도착할 때까지 노래를 들을 수 없을지도 모르지만, 피니가 노래 가까이 있다는 사실만으로도 심장이 뛰었다.

"노래가 칙칙해. 너도 민영이도 왜 그렇게 칙칙한 노래만 좋아하는지 모르겠다."

말은 그렇게 했으면서도 장 사장은 노래를 조금씩 따라 불렀다. 그의 흥얼거림과 노래가 뒤섞여 전혀 새로운 노래가 되었다. 허스키한 목소리가 익숙함과 낯섦을 오갔다. 트럭 천장을 때리는 빗소리가 완전히 사라졌다. 선형은 문득 장 사장이 부르는 노래 대부분이 삼촌이 좋아하던 노래라는 걸 깨달았다. 빈말로도 잘 부른다고는 못 할 실력이었다.

트럭이 서울 시내를 빠져나가 한참을 달려 서해안 고속도로에 들어섰을 때였다. 선형이 장 사장에게 물었다.

"있잖아요, 혹시 우리 삼촌 좋아했어요?"

……그랬던 거 같아, 하고 장 사장은 답했다.

○

"민영이가 나한테 지하실 문을 잠가달라고 하더라. 우리가 풀고 들어간 걸쇠 말이야. 너도 알다시피 두 번째 문은 안에서도 밖에서도 걸쇠를 잠글 수 있

잖아? 자기가 지금 밖인데 깜빡 문을 열고 왔으니 피
니가 나오지 못하도록 걸쇠를 걸어달라고 했어."

"……."

"난 하란 대로 했어. 묵직한 쇳덩이를 들어 올려
문을 단단히 잠그고 지하실을 나왔어. 그 뒤로 민영이
가 연락이 안 되니까 얘가 또 해외에 갔나 했지. 그러
다 어느 날 유서가 도착한 거야. 너도 받았지? 나가사
키에서 썼다는 유서. 미안하다는 말과 함께 네 연락처
가 적혀 있었어. 자신의 시체 처리를 부탁한다는 말도
있었지. 나는 곧장 가게로 달려갔어."

장 사장은 지긋지긋하다는 듯이 힘주어 말했다.

"지하실 문을 열자 지랄맞은 허밍이 들리더라. 문
을 잠그기 전 내부를 제대로 확인하지 않은 게 내 책
임이라면 책임이겠지. 그다음은 네가 예상한 대로야.
지하실에는 악취가 진동했어. 남은 거라곤 민영이의
뼈. 기이할 만큼 흰 뼈 한 줌. 다른 뼈는 인어가 씹어
먹었는지 없었어. 굶주린 듯 정말 깨끗이도 민영이를
발라 먹었더라. 그 괴물은 자기가 뭘 먹었는지 모르는
것 같았어. 민영이가 좋아한 노래를 흥얼거렸어."

선형은 밤새운 탓에 평소보다 가라앉은 목소리로

말했다.

"그쪽이 야산에 삼촌 뼈를 묻었겠네요."

"걔가 그렇게 해달랬거든. 원래는 흔적이 남지 않게 태우는 게 규칙이야. 시신이 발견되어야 너에게 지하실을 물려줄 수 있어서겠지. 실종자 사망 처리에는 시간이 걸리니까."

선형은 고개를 끄덕였다. 진실을 듣자 그는 행복하게 죽었겠구나, 하는 감상이 떠올랐다. 어쨌든 제물이 되어 피니에게 성대를 돌려주었으니까. 피니의 몸속에는 경주뿐만 아니라 삼촌도 살아 있다. 그들이 피니에게 목소리와 혀를 선물했다. 정말이지 가슴 따뜻해지는 이야기였다.

눈을 감았다. 몸은 천근만근이었지만 정신은 또렷했다. 장 사장의 이야기를 곱씹었다. 사랑하는 이를 본의 아니게 지하실에 가두고 뼈를 산에 묻는 마음을, 남겨진 기분을 상상했다. 기분이 좋을 리 없었다. 그렇게 한 시간 넘게 더 달렸다.

얼핏 찰박 소리가 들렸다.

점심시간이 다 되어 서천에 있는 장 사장의 소각장에 도착했다. 휴게소에 들러 우동과 핫바를 먹어 딱히 배고프진 않았다. 장 사장은 아지트로 돌아와 한결 편안해 보였다. 선형은 오로지 자신을 위해 할 일을 생각했다. 마취총은 여전히 선형이 쌓아둔 상자 안에 있었다.

퀴퀴한 연기 냄새가 가득할 줄 알았는데 의외로 가마 바로 앞을 제외하곤 산뜻한 피톤치드 향이 났다. 도자기를 굽는 가마를 사들여 소각장으로 불법 개조를 했다 들었다. 겉으로 보기엔 제법 아늑한 건물이었다.

작업은 지체 없이 진행되었다. 경주와 그의 유품, 뒤처리에 쓴 비닐까지 모두 섭씨 1000도가 넘는 화염 속으로 사라졌다. 장 사장은 실리콘 장갑과 피 웅덩이를 밟은 장화, 우비를 활활 타오르는 아궁이로 하나씩 집어 던지며 삼촌 이야기를 했다.

"네 삼촌에게 인어의 노래를 맨 처음 들려준 게 나야. 이집트에서 파견 온 민영이를 우연히 만났는데, 무슨 충동이었는지 아무것도 모르는 그 애를 경매장에 데려갔거든. 그곳에 인어는 안 나왔지만 인어의 노래를 녹음한 테이프가 있었어. 걔는 몇 초만 듣고도 완전히 홀려버렸어. 취할 대로 취한 상태여서 꿈으로 여길 줄 알았는데 잘만 기억하더라고. 그 뒤로 인

어를 찾겠다고 전 재산을 꼬라박고 밀수 일을 시작하
더니…… 결국 그토록 원하던 인어에게 잡아먹혔네.
나는 걔가 당최 이해되지 않았는데 바로 그래서 계속
민영이를 생각할 수밖에 없었어."

그는 뜸을 들이더니 다시 입을 열었다.

"그거 알아? 이해할 수 없는 대상을 계속 계속 생
각하다 보면 이해에 도달하는 게 아니라 다 상관없어
져. 이해하려는 모든 노력이 무의미해지지. 어차피 끝
내 알 수 없을 테니까. 나 아닌 모든 존재는 결국 미
지의 영역이니까. 그 지점에 이르러서야 깨닫는 거야.
어차피 이해하지 못할 사람을 왜 계속 생각할까?"

장 사장이 선형을 돌아보았다. 선형은 몰래 챙긴
물건을 집어 들었다.

"그래서 어, 나 설마 걔 좋아하나 했지. 이게 전부
야."

그의 시선이 자신을 바라보는 총구로 향했다. 깊
은 눈매가 잠시 바짝 당겨졌다가 덤덤한 모습으로 돌
아왔다. 그가 어이없다는 표정으로 웃었다.

"설마설마했는데 너도 참 지독하구나. 역시 민영
이 조카다워."

선형은 자세를 고쳐 잡고서 그를 마주 보았다. 검고 가느다란 총구로 왼쪽 어깨를 조준했다. 피니가 마취총을 맞은 부위였다.

"삼촌 뼈를 묻고 돌아올 때 어떤 기분이었어요?"

장 사장은 콧잔등을 찡그리며 답했다.

"어떻긴. 고백도 하기 전에 까인 기분이었어."

그의 미간에 낭패감이 서려 일그러졌다. 탕, 가스 터지는 소리가 났다. 분홍색 술이 달린 주사기가 장 사장의 어깨에 날아가 박혔다. 그는 잠시 비틀거리더니 주사기를 힘주어 뺐다. 곧 아궁이 앞에 풀썩 널브러졌다. 그가 눈을 느리게 깜빡이는 사이, 선형은 서둘러 그의 외투 주머니를 뒤져 차 키를 꺼냈다. 아직 약기운이 완전히 돌기 전인데도 장 사장은 선형을 제지하지 않았다. 만사가 귀찮은 듯 그를 바라보기만 했다. 네 삼촌도 너도 어디까지 하는지 궁금하다. 그렇게 말한 것도 같았다. 선형은 낮잠 자듯 눈을 감는 그의 옆에 조심스레 마취총을 내려놓았다. 소각장에서 나와 트럭으로 갔다.

운전석에 오르기 전 짐칸에 들렀다. 방수포 커튼을 걷고 임시로 덮어둔 비닐을 들어 올리자 플라스틱

공을 문 채 밧줄에 결박된 피니가 보였다. 드럼통 밖으로 지느러미를 길게 늘어뜨리고 꼬리로 힘껏 찰박거리는 피니. 마치 신호를 보내는 것 같았다. 선형은 피니 앞에 무릎을 꿇었다. 약 기운이 완전히 가셨는지 맑은 눈동자가 빠르게 총기를 되찾았다. 입에서 공을 빼주며 말했다.

"피니, 내 이름은 알 필요 없어. 하지만 노래는 기억해줘."

스피커 전원을 켜 노래를 재생했다. 넓다면 넓고 좁다면 좁은 짐칸이 노래로 채워졌다. 피니가 마른 입술을 혀로 축였다. 선형이 운전석에 올랐다. 목적지는 정해져 있었다. 피니는 낯선 이의 새로운 지하실이나 윤택하고 거대한 수조가 아닌, 더 넓은 곳에 도착할 것이다. 너무 넓어서 아무도 피니를 발견할 수 없고 누구도 피니에게 새 노래를 알려줄 수 없는 곳이었다.

○

서천은 바다와 가까운 도시였다. 트럭을 훔쳐 달리는 내내 크고 작은 항구를 만났다. 우성리는 서천에서 군산을 지나 부안으로 내려가는 길목에 있었다. 도시에서 떨어져 인적이 드물었으며 얕은 산을 등지고 있어 다른 마을과도 동떨어진 곳이었다. 오가는 차 하나 없는 해안도로를 지나, 까만 모래가 펼쳐진 작은 해변 앞에 멈춰 섰다. 이름조차 없는 해변이었다. 다 낡아 고꾸라진 표지판이 있는 걸 보니, 오래전에는 이름이 있었을지도 모르겠다.

해변 곳곳에 쓰레기와 고장 난 낚싯배가 방치되어 있었다. 저들끼리 뭉쳐 굴러다니는 해조류는 낯선 바다생물의 내장이나 머리카락처럼 보였다. 검은 해변 곳곳에 매끄러운 몽돌이 반짝였다. 더럽고 쇠락했지만 나름대로 운치를 품은 장소였다. 작별하기에 제격이었다.

차를 댈 수 있는 가장 가까운 곳에 두고 짐칸으로 들어갔다. 바닷물이 다 흘러넘쳐 비린내만 남은 드럼통에서 피니를 꺼내 등에 업었다. 오색 비늘이 윤기를 내뿜는 하반신은 그새 바짝 말랐다. 피니가 숨이 찬 듯 입을 크게 벌려 호흡했다. 간혹 목덜미에 뾰족한 이빨이 닿았지만 그뿐이었다. 선형은 해변을 바라보며 섰다.

해가 바다에 가라앉으며 수면을 핏빛으로 물들이는 광경을 넋 놓고 바라보았다.

다시 정신을 차린 건 목소리 때문이었다. 선형의 목에 팔을 두른 피니가 노을을 감상하며 노래를 흥얼거렸다. 드문드문 분명한 낱말들이 귀에 닿았다. 붉은 산호초, 그리움, 꿈속의 너, 네 목소리……. 온 세상의 노래, 다시 네 목소리. 꿈, 들을 수 있다면.

선형은 축축하고 매끄러운 생명체를 업고서 한 발 한 발 파도로 나아갔다. 모래에 발이 푹푹 빠졌지만 힘들지는 않았다. 피니의 허밍이, 허밍을 넘어선 노래가 있었다. 오랜만에 맡은 바다 냄새는 피니를 닮았다. 바람에 짠 내가 밀려올 때마다 가슴이 저렸다. 지하실에서 너를 처음 만났을 때를 평생 잊지 못할 거야. 그런 생각을 입 밖에 내지는 않았다. 피니의 목소리가 아닌 모든 건 소음에 불과했다. 발을 내딛을 때마다 피니의 목구멍에서 흘러나오는 멜로디는 더욱 정교하게 선형이 들려준 노래에 가까워졌다. 선형은 터질 듯한 가슴으로 흰 포말이 사라지는 곳에 우두커니 섰다. 짙은 파도 소리와 함께 비로소 노래가 완성되었다.

선형이 그토록 바란 노래였다. 피와 살로 생명을 얻은 노래가 가장 완벽하고 아름다운 음색으로 귓바퀴를 빙그르르 돌아 외이도를 헤엄쳐 왔다. 피니의 입안에 돋아난 건 혀이자 미지의 바다를 헤엄치는 지느러미. 선형의 어둡고 깊은 바다에서 지느러미가 춤췄다. 춤이 끝나는 순간 자신의 바다 역시 사라져도 좋다고, 설령 세상이 끝난다 해도 상관없다고 생각했다.

바닷물이 낡은 운동화를 파고들었다. 지하실의 핏물을 머금은 듯 신발 끈이 분홍색이었다. 피니를 파도에 안착시키고서 모래에 주저앉았다. 밀물이 빠르게 들어오고 있었다. 신발 끈을 풀어 바다로 흘려보냈다. 옷은 다 젖어 엉망이었고 피니의 노래로 마비된 귀는 아무것도 듣지 못했다. 코앞에서 울려 퍼지는 파도 소리는 물론 자신의 목소리조차도. 하얀 포말에 올라앉은 피니가 노래를 멈추고 꼬리지느러미를 움직였다. 찰박, 기분 좋은 타격음이었다. 진짜 해수를 머금은 비늘과 살결에 윤기가 흘렀다.

선형은 처음처럼 피니에게 손을 뻗었다. 보잘것없이 떨리는 손으로 은색 목걸이를 목에 걸어주었다. 경주의 목을 거쳐 이제야 진짜에게 도달했다. 선형이 지난 사랑과 숭배의 궤적이자, 피니에게 남길 수 있는 일 말의 흔적이었다. 피니를 가볍게 안고서 귀와 손가락과 심장을 떼어 주는 기분으로 마지막 인사를 건넸다.

"잘 가. 피니."

노래를 기억해줘. 너로 인해 생명을 얻은 노래를. 네가 다른 누군가의 수조에서 그를 위해서만 노래 부를 바에야, 내 노래를 안고 이 광활한 바다를 떠돌길.

선형은 피니를 바다로 보내는 게 피니가 아닌 자신을 위한 선택에 불과함을 알았다. 결국은 피니를, 다른 이들에게 넘기기 싫다는 알량한 마음이었다. 하지만 무언가에 홀린 이들이 그렇듯, 그 순간에는 다른 선택지를 떠올릴 수 없었다. 피니가 듣는 마지막 노래가 자신의 노래이길 바랐다. 피니가 다시는 목소리와 혀를 잃지 않기를 바랐다. 영원히 노래 부르기를. 비록 나는 멀어지지만 찰나의 노래로라도 너에게 남을 수 있다면.

이기적이라 해도, 결코 이해할 수 없다 해도 상관없었다. 우리에겐 결국 각자의 바다가 있으며 심해에 무엇이 도사리는지 알 수 없으므로. 그는 물에 젖은 피니에게 읊조렸다. 나는 노래면 충분해. 내가 만들고 네가 생명을 불어넣은 노래로 우리는 이어질 수 있어.

"언젠가 다시 만난다면 방금처럼 내 노래를 불러줘."

피니는 파도와 떠나갔다. 해변에 남겨진 선형의 귓가엔 여전히 노래가, 오로지 노래만이 맴돌았다. 선형은 눈을 감았다.

하얗게 빛나는 타인의 갈비뼈,

붉은 웅덩이,

다소곳한 머리.

그리고…… 비늘. 아름답게 반짝이는 비늘을 떠올렸다. 오래전의 일이다. 하지만 아주 오래되지만은 않았다. 찰박찰박. 얇고 축축한 지느러미가 바닥을 치는 소리가 고막을 간질였다.

○

장마가 잦아들며 방학도 끝나갔다. 선형은 3년 차 국가직 교육행정 공무원으로, 얼마 전 8급으로 승진

했으며 본가에서 그리 멀지 않은 우성리 중학교에 발령이 나 연초에 이사 왔다. 우성리는 시내와 꽤 떨어져 있었으나 관사를 혼자 쓸 수 있어 마음에 들었다. 학교는 전교생 수가 200명 내외라 규모가 크지 않았다. 학생 수가 적다고 행정실 일도 적은 건 아니었지만 바다가 가까운 동네 특유의 안락함이 좋았다.

삼촌의 수족관 건물은 고가에 매각했으며 오래전에 철거되었다. 선형과 가족의 손에는 지금껏 쥐어보지 못한 현금이 남았다. 누군가에겐 별것 아닐 수도 있는 돈이 너무 크고 무섭게 느껴졌다. 결국 투자는 꿈도 못 꾸고 통장에 넣어둔 채 자동이체로 엄마 계좌에 생활비를 보내기만 했다.

시내에 그럴듯한 자취방을 구할 수도 있었다. 하지만 관사가 있으니 다달이 나가는 월세가 아까워서 중고차를 샀다. 자유롭게 돌아다닐 수단이 있어 기뻤다. 발령 초기에는 차로 이곳저곳을 신나게 쏘다녔다. 남들은 드라이브할 때 노래를 크게 튼다는데, 선형은 오로지 바람 소리만 즐겼다. 노래를 듣지 않은 지 오래되었다. 그의 귀는 새로운 노래를 필요로 하지 않았으니까. 어느 날에는 낯익은 해변을 발견했다. 검은 모래에 쓰레기와 몽돌이 박힌 해변, 피니를 떠나보낸 곳이었다. 해변은 학교와 관사에서 불과 1킬로미터 떨어져 있었다. 마을 사람에게 이름을 물어보니 그냥 까만 해변이라고만 했다. "이름이 있었는데 까먹었네. 뭐였더라?" 그게 다였다.

그날 밤에는 오랜만에 삼촌의 노트를 열어보았다. 그사이 변색이 심해져 누런 형겊에 가까웠다. 그의 죽음은 미결로 남았고 수족관은 사라졌다. 전축을 포함한 유품 역시 대부분 처분했지만 이 노트만은 몇 번의 발령과 이사에도 굴하지 않고 곁을 지켰다. 피니의 노래가 듣고 싶을 때, 삼촌이 피니에게 남긴 어설프고 절절한 고백을 읽으면 위안이 되었다.

인간도 물고기도 아니면서 동시에 모두인 존재. 이 집트에서 우연히 장상희를 만나지 않았다면 평생 이 충만함을 모르고 살았겠지.

피니의 노래는 위험하다고들 한다. 신화에서, 경매장에서 발급받은 설명서에서. 하지만 뭐 알 바인가? 내 귀에 듣기 좋으면 그만.

장마철이 되면 식성이 변함. 다룰 때 주의.

머리만 남기고 싶다. 내 몸통을 피니에게 선물할 수만 있다면.

조카 녀석의 공연에 다녀왔다. 그 애는 나를 닮았다.

마지막 장을 넘기다 손끝에서 이질감을 느꼈다. 앞선 종이보다 빳빳했다. 모서리를 엄지손톱으로 살살 긁었다. 한 장이 더 있었다. 겹쳐 붙은 탓에 내내 몰랐다. 하나였던 종이 두 장을 조심스레 떼어냈다. 끈적한 것이 묻어 있어 쩌억 소리를 내며 벌어졌다. 숨어 있던 페이지 대부분이 찢어져버렸지만 문장은 알아볼 수 있었다. 아주 작은 글씨로 적혀 있었다.

귀소본능. 인어는 전부 기억한다.

"전부 기억한다."

다시 검은 해변에 갈 일은 없었다. 직장 때문에 무척 바빴을뿐더러 도심의 학교와 달리 이곳에서는 마을 단위의 행사가 잦았다. 선형은 동네에서 드물게 젊은 축에 속해서 동네 이장과 어르신들의 온갖 술자리와 친목회에 불려 다녔다. 시골에서 혼자 지내다 보니 왁자지껄한 분위기가 싫지 않아 굳이 거절하지 않은 탓도 있었다.

방학을 맞이해 전 교직원이 참석한 회식이었다. 작년보다 이르게 시작된 장마에 요 며칠 폭우가 쏟아지다 간신히 해가 비친 날이었다. 일찍 마시고 일찍 파하기로 하고 우성리 마을의 유일한 포구 횟집에 모였다. 메뉴는 매운탕이었다. 술잔과 밑반찬이 빠르게 차려졌다. 회식을 어떻게 알고 왔는지 마을 어르신 몇몇과 이장도 합류하여 술자리가 금세 소란스러워졌다. 불콰해진 이장이 옆에 앉은 이들에게 눈을 부릅 뜨고 말했다. "다들 그거 아나? 우성리 앞바다에 말이야, 상어가 살아. 그것도 식인 상어가. 재작년부터인가, 1년에 두어 명씩 사고를 당한다고." 맞은편의 행정실장이 무슨 상어냐며 웃었다. "원래 있었던 게 아니라 재작년부터요? 기후변화 때문인가? 서해안에 백상아리가 살긴 하죠. 그런데 여기까지 오나?" 교무부장과 교감도 웃었다. 젊은 교사들도 따라 웃었다.

이장과 어르신들은 웃지 않았다. 발끈하며 진짜라고 외치고는 술잔을 비웠다. 선형도 웃지 않았다.

　그는 횟집 기둥에 걸린 텔레비전을 보고 있었다. 유명 작곡가이자 프로듀서 J 씨가 불법 약물 투약 및 유통 혐의로 체포되었다는 뉴스였다. 옆자리에 있는 보건교사가 속삭였다. "저 사람, 얼마 전에 낸 신곡도 다 표절이래요. 학원 수강생이나 무명 신인 밴드 멘토링해준다고 만나서 갖다 썼다나 봐요." 선형은 뉴스에서 시선을 떼고 술잔을 비웠다. 일부러 과장되게 대꾸했다. "와, 진짜 별로네요."

　그때 횟집 밖에서 비명이 들려왔다. 담배를 피우러 나간 수학 교사가 횟집에 뛰어 들어오며 "머리가!" 하고 외쳤다. "머리는 무슨 머리?" 이장이 먼저 나가자 교감도 일어섰다. 반은 남고 반은 나섰다. 선형은 전자였다. 갑작스레 고요해진 횟집에 앉아, 빈 술잔을 앞에 두고 지난밤에 꾼 꿈을 떠올렸다.

　뼈와 살이 난무하는 지하실에서 피니를 마주 보고 있었다. 비늘을 만지며 노래를 들었다. 다정한 연인 같은 두 존재를 먹이가 된 이들의 머리가 둘러싸 축복했다. 삼촌과 경주의 머리도 있었다. 반가운 마음

에 손을 흔들자 그들이 밝게 웃어주었다. 그러므로 악
몽은 아니었다. 새벽같이 눈을 떴을 때 너무나도 생생
한 비늘의 감촉과 심장이 저릿해지는 그리움, 저주처
럼 귓가를 맴도는 멜로디가 떠오를 뿐이었다.

피니를 바다에 풀어준 지 3년 가까이 지났어도 그
때 들은 노래는 잠시도 잊은 적 없었다. 밥을 먹을 때
도 잠을 잘 때도 가만히 있거나 사람들과 대화를 나
눌 때조차 수시로 노래가 들려왔다. 오늘 새벽에 꿈과
함께 다가온 멜로디는 왠지 달랐다. 바로 지척에서 들
리듯 실감 났다. 파도처럼 가까워졌다가 다시 멀어졌
고, 이내 밀물처럼 서서히 들어찼다. 그 소리는 지금
도 어렴풋하게 계속됐다. 선형은 노래가 들려오는 곳
으로 향했다. 취하거나 홀린 사람답지 않게 조금도 흔
들리지 않는 걸음으로.

횟집을 나서자 포구에 사람들이 모여 있었다. 몇
몇은 구석에서 구토했고 이장은 심각한 얼굴로 전화
를 걸었으며 젊은 교사는 오열했다. 선형은 그들을 뚫
고 포구 끝에 섰다. 발밑에 서해의 검은 물이 일렁였
다. 막 도착한 낚싯배에 검붉은 웅덩이가 넓게 고여
있었다. 용왕호. 지난주에 실종된 민박집 주인이 끌고

나간 배였다.

지난 비바람의 흔적을 고스란히 담은 갑판은 그야말로 난장이었다. 가스버너는 피 웅덩이 한복판에 뒤집혀 있었고 부탄가스 통이 도로록도로록 굴러다녔다. 배가 흔들릴 때마다 핏물이 넘실대 비린 악취를 풍겼다. 냄비에서 멀지 않은 곳에는 한때 40대 남성의 몸을 지탱했을 정강이뼈와 허벅지뼈, 종아리뼈, 그보다 가느다란 어깨뼈 등이 젠가처럼 차곡차곡 쌓여 있었다. 사람이 살아 있는 한 볼 일 없는 뼈가 너무 뻔뻔하게 드러나 있어 두려움을 넘어 불경함을 느꼈다.

땡볕 아래서 머리를 바라보았다. 머리는 천연덕스럽게 그곳에 담겨 있었다. 그러니까 흔들리는 낚싯배에. 배 앞머리에 덩그러니 놓인 넓은 냄비 안에. 조리를 기다리는 생선 머리처럼 얌전히.

무릎을 굽혀 머리에 좀 더 가까이 다가갔다. 심장은 요동치고 눈 밑은 타는 듯 뜨거웠다. 그 순간, 잘린 머리의 왼쪽 뺨에서 무엇인가 반짝였다. 오색 빛깔을 뿜내는 아름다운 비늘이었다. 자기도 모르게 손을 뻗었지만 비늘에 닿지는 못했다. 먼 곳에서 불어온 바람에 배가 흔들리자 뺨에 붙은 비늘이 허공으로 사라졌다. 찰나의 빛만 남기고 순식간에 멀어졌다. 장마에 들어선다는 주말이었다. 물기를 잔뜩 머금은 하늘이 빗방울을 흩뿌렸다. 선형은 전에도 비슷한 풍경을 본 적이 있다고 생각했다.

고요하던 포구는 곧 비명과 사이렌, 울음소리로 가득 찼다. 소란의 틈으로 익숙하고도 그리운 선율이 귀에 닿았다. 습기를 머금은 바람을 타고 노래가 불어왔다. 인파에서 빠져나와 검은 모래가 깔린 해변을 향해 천천히 걸었다.

왠지 그곳에 보고 싶은 얼굴이 기다리고 있을 것 같은 기분이 들었다.

작가의 말

졸업한 고등학교에서 2, 30분을 걸으면 바다가 나왔다. 도착하기 10분 전부터 공기가 습해지고 짠 내를 머금은 강풍에 앞머리가 엉망이 되었다. 가장 싫은 건 냄새였다. 그때는 바다를 딱히 좋아하지도 싫어하지도 않았으나 지독한 냄새만은 질색했다.

　그래도 야간 자율학습을 제치고서 친구들과 함께하는 느긋한 밤 산책은 꽤 운치 있었다. 목적지는 대부분 생긴 지 얼마 되지 않아 삭막한 해안 공원이었다. 순전히 학교 정문에서 직진하면 저절로 그곳이 나왔기 때문이다. 더 걸으려야 걸을 수가 없었다. 일렁이는 검은 물이 가로막아 길이 없었다. 가로등이 드물고 근처에는 망한 가게와 개관 직전의 박물관 등이 포진해 있어 뭐라도 튀어나올 듯 을씨년스러웠다. (그런 분위기를 즐기려고 갔다. 일종의 담력 시험이었달까.) 공원 울타리를 붙잡고 서면 어둠에 잠긴 바

다를 볼 수 있었다. 너무 까매서 갯벌인지 물인지, 구
멍인지 우주인지 알 수 없었다. 실없는 농담을 주고받
으며 어둠을 응시하다가 저 밑바닥에는 무엇이 살고
있을지 궁금해지곤 했다.

나는 괴물 이야기를 좋아한다. 읽거나 보는 것도,
쓰는 것도 좋다. 그중에서도 물속에 사는 괴물이 가장
흥미롭다. 어렸을 땐 심심하면 심해 생물 사진을 찾
아보고 해양 괴담을 뒤적였다. 그리스신화 속 세이렌
에게도 역시 매혹을 느꼈는데, 자료 조사 중 작게 당
황한 일이 있었다. 당연히 인어의 형상인 줄 알았지만
호메로스의 《오디세이아》에는 발톱이 날카로운 새의
형상으로 기록된 것이다. '인어 이야기를 쓰고 싶었는
데……' 낙심하며 자료를 더 찾았다. 다행히 중세시
대 후반부터는 바다의 정령으로 인식되어 여러 미술
작품에 인어로 표현되었다고 한다.

생선 내장이나 알탕도 먹지 못하면서 끔찍하고 징
그러운 이야기를 쓰는 일은 왜 이리 즐거운지 모르겠
다. 《입속 지느러미》는 취향이 한껏 들어간 소설이다.
본래 도시와 청년이 키워드인 호러 앤솔러지에 들어
갈 단편을 청탁받고 시놉시스를 떠올렸으나 당시에

는 그다지 무섭지 않아서 완성하지 못했다. 지금 생각해보면 모든 이야기를 담아내기에 단편 분량은 한참 부족했지 싶다.

리디에서 연재를 제안했을 때, 곧장 이 이야기를 생각했다. 이야기가 자신에게 적합한 자리가 나올 때까지 기다린 것 같기도 하다. 기존 시놉시스에 살을 붙여 여러 장소에서 야금야금 초고를 썼다. 종로의 오래된 카페, 청계천 골목 근처에 있는 프랜차이즈 매장, 바다가 보이는 제주도 호텔의 로비. 장마철에 고향에서 짙은 해무를 바라보며 쓰기도 했다. 하지만 학교 근처 해안 공원에는 가지 못했다. 지금 그곳은 더 이상 스산하지 않다. 번듯한 관광지가 되어 사람들을 반긴다. 공간에도 분명 과도기가 있다. 한 지점에서 다음 상태로 넘어가는 과정을 직접 보고 겪을 수 있어 행운이었다. 돌아오는 겨울에는 그곳에 갈 것이다. 여름보단 한겨울 바다가 취향에 맞다. 바람은 매섭겠지만.

AR 부서에서 일하는 친구 J에게 몇 가지 도움을 받았다. 갑작스럽고 귀찮은 질문에 정성껏 답해줘서 고맙다는 말을 남기고 싶다.

후반부를 쓰는 동안은 내내 장마였다. 지나간 계절의 습기와 무산된 꿈의 일부를 담았으니 모쪼록 즐겨주시길.